Honoré de Balzac

MÁXIMAS E PENSAMENTOS
DE HONORÉ DE BALZAC

Edição original: Paris: Plon Frères,
Éditeurs, 1852

Tradução e notas:
Regina Schöpke
Mauro Baladi

© 2010 Martins Editora Livraria Ltda., São Paulo, para a presente edição.
Máximas e pensamentos de Honoré de Balzac, de Honoré de Balzac.
Esta obra foi originalmente publicada em francês sob o título *Maximes et pensées*.

Publisher	*Evandro Mendonça Martins Fontes*
Produção editorial	*Luciane Helena Gomide*
Produção gráfica	*Sidnei Simonelli*
Projeto gráfico e capa	*Casa de Ideias*
Diagramação	*Alexandre Santiago / Casa de Ideias*
Preparação	*Denise Roberti Camargo*
Revisão	*Ana Maria Coelho Monteiro*
	Dinarte Zorzanelli da Silva
1ª edição	*2010*
Impressão	*Corprint*

Dados Internacionais de Catalogação na Publicação (CIP)
(Câmara Brasileira do Livro, SP, Brasil)

Balzac, Honoré de, 1799-1850.
  Máximas e pensamentos de Honoré de Balzac / tradução e notas Regina Schöpke, Mauro Baladi. – São Paulo : Martins Martins Fontes, 2010.

  Título original: Maximes et pensées.
  ISBN 978-85-61635-62-6

  1. Máximas francesas I. Schöpke, Regina. II. Baladi, Mauro. III. Título.

10-01945   CDD-848

Índices para catálogo sistemático:
1. Máximas : Literatura francesa 848

Todos os direitos desta edição para o Brasil reservados à
Martins Editora Livraria Ltda.
Rua Prof. Laerte Ramos de Carvalho, 163
01325-030 São Paulo SP Brasil
Tel. (11) 3116.0000 Fax (11) 3115.1072
info@martinseditora.com.br
www.martinseditora.com.br

1.

O animal é um princípio que adquire sua forma exterior – ou, para falar mais exatamente, as diferenças de sua forma – nos meios onde ele é chamado a se desenvolver. As espécies geológicas[1] resultam dessas diferenças.

2.

O estado social tem acasos aos quais a natureza não se permite, porque ele é a natureza e mais a sociedade.

3.

O acaso é o maior romancista desse mundo; para ser fecundo, basta apenas estudá-lo.

4.

A lei do escritor, aquilo que o faz ser como é, aquilo que – não temo dizer – o torna igual e talvez superior ao estadista, é uma decisão qualquer sobre as coisas humanas, um devotamento

---

1 Balzac refere-se aos fósseis de animais desconhecidos que, antes da teoria da evolução, eram motivo de grande polêmica entre religiosos e cientistas, já que contrariavam a ideia de uma criação única e definitiva. (Todas as notas apresentadas neste livro são de tradução.)

absoluto aos princípios. Maquiavel, Hobbes, Bossuet, Leibniz, Kant e Montesquieu são a ciência que os estadistas aplicam.

5.
A paixão é toda a humanidade. Sem ela, a religião, a história, o romance e a arte seriam inúteis.

6.
Existem matrimônios desiguais de espírito tanto quanto existem matrimônios desiguais de costumes e de condição social.

7.
A leveza de espírito e as graças da conversação são um dom da natureza ou o fruto de uma educação iniciada no berço.

8.
Perder uma felicidade sonhada, renunciar a todo um futuro, é um sofrimento mais agudo que aquele causado pela ruína de uma felicidade sentida, tão completa quanto ela tenha sido. A esperança não é melhor que a lembrança?

9.
A infelicidade forma, em certas almas, um vasto deserto no qual ressoa a voz de Deus.

10.

Ao cortar a cabeça de Luís XVI, a revolução cortou a cabeça de todos os pais de família. Não existe mais família hoje em dia, só existem indivíduos. Querendo tornar-se uma nação, os franceses renunciaram a ser um império. Proclamando a igualdade dos direitos à sucessão paterna, eles mataram o espírito de família, eles criaram o fisco. Porém, eles prepararam a fraqueza das superioridades e a força cega da massa, a extinção das artes, o reinado do interesse pessoal, abrindo os caminhos para a conquista. Nós estamos entre dois sistemas: ou constituir o Estado por meio da família ou constituí-lo por meio do interesse pessoal. A democracia ou a aristocracia, a discussão ou a obediência, o catolicismo ou a indiferença religiosa: eis a questão em poucas palavras.

11.

Estamos caminhando para um estado de coisas horrível. Em caso de insucesso, não haverá mais que as leis penais ou fiscais: a bolsa ou a vida.

12.

Seria possível escolher um homem dentre mil. Não se pode encontrar nada entre três milhões de ambições semelhantes, vestidas com o mesmo uniforme: o da mediocridade.

13.

É próprio de um grande homem desviar-se dos cálculos ordinários.

14.
A perfeição da beneficência consiste em apagar-se, de modo que o beneficiado não se acredite inferior àquele que o beneficia. Esse devotamento oculto comporta infinitas doçuras.

15.
O mundo é um grande ator. E, como o ator, ele recebe e gasta tudo: não conserva nada.

16.
Nossa vida é composta de certos movimentos regulares, tanto para o corpo quanto para o coração. Todo o excesso ocasionado nesse mecanismo é uma causa de prazer ou de dor. Ora, o prazer ou a dor é uma febre de alma essencialmente passageira, porque ela não é suportada por muito tempo. Fazer do excesso a sua própria vida não será viver doente?

17.
As coisas que nunca nos cansam – o silêncio, a paz, o ar – não são reprováveis porque são sem gosto, enquanto as coisas cheias de sabor, estimulando nossos desejos, terminam por cansá-los.

18.
O homem que pode imprimir perpetuamente o pensamento no fato é um homem de gênio. O homem que tem mais gênio, porém, não o manifesta em todos os instantes – ele se pareceria demasiado com Deus.

19.
O calor extremo, a extrema infelicidade, a felicidade completa, todos os princípios absolutos reinam sobre espaços desprovidos de produções: eles querem ser únicos, eles sufocam tudo aquilo que não é eles.

20.
A bondade não deixa de ter obstáculos: ela é atribuída ao caráter. Raramente querem reconhecer nela os esforços secretos de uma bela alma, enquanto recompensam as pessoas malvadas pelo mal que elas não fazem.

21.
A sociedade nunca perde os seus direitos: ela quer sempre ser entretida.

22.
A glória é um veneno que serve para ser tomado em pequenas doses.

23.
Os ladrões, os espiões, os amantes, os diplomatas – enfim, todos os escravos – são os únicos a conhecerem os recursos e as alegrias do olhar. Só eles sabem tudo aquilo que tem de inteligência, de doçura, de espírito, de cólera e de perversidade nas modificações desta luz carregada de alma.

24.

O suicídio não deve ser a última palavra das sociedades incrédulas? O desespero é proporcional às esperanças e, muitas vezes, ele só tem como saída o túmulo.

25.

Sob nenhum regime existiram tão poucas pessoas bem colocadas, arranjadas e triunfantes quanto hoje em dia. Todo mundo está em marcha para algum objetivo. Anda-se atrás da fortuna. O tempo tornou-se a mercadoria mais cara. Ninguém pode se entregar à prodigiosa prodigalidade de ir para casa para acordar tarde no dia seguinte.

26.

Ainda não consigo compreender como o soberano que queria fazer a sua corte ser varrida pelo cetim ou o veludo dos mantos ducais não estabeleceu para algumas famílias o direito de primogenitura, por meio de leis indestrutíveis[2]. Napoleão não adivinhou os efeitos desse código que o tornava tão orgulhoso[3].

---

2 Ou seja, o direito do filho mais velho herdar quase tudo, a fim de preservar a integridade do patrimônio familiar.

3 Trata-se do código civil francês, também chamado de "código Napoleão", promulgado em 21 de março de 1804 (e ainda vigente). Sobre isso, dizia Napoleão: "Minha verdadeira glória não é ter ganho quarenta batalhas; Waterloo apagará a lembrança de tantas vitórias. Aquilo que nada apagará, o que viverá eternamente, é o meu Código Civil".

Este homem, ao criar suas duquesas, engendrava nossas mulheres-modelo de hoje em dia, o produto mediato de sua legislação.

27.

O epigrama, esse livro de poucas palavras, não incide mais, durante o século XIX, nem sobre as pessoas nem sobre as coisas, mas sobre acontecimentos mesquinhos, morrendo com o dia.

28.

Não encontramos muitos homens cuja profunda nulidade é um segredo para a maioria das pessoas que os conhecem? Uma alta posição social, um ilustre nascimento, funções importantes, um certo verniz de polidez, uma grande circunspecção na conduta ou os prestígios da fortuna são, para eles, como guardas que impedem as críticas de penetrar em sua íntima existência. Se, graças a essas conspirações domésticas, muitos simplórios são considerados homens superiores, eles compensam o número de homens superiores que são considerados simplórios, de modo que o estado social tem sempre a mesma massa de capacidades aparentes.

29.

A família existe? Eu nego que exista família em uma sociedade que, com a morte do pai ou da mãe, partilha os bens e diz a cada um para seguir o seu caminho. A família é uma associação temporária e fortuita que a morte prontamente dissolve. Nossas leis demoliram as dinastias, as heranças, a perenidade dos exemplos e das tradições. Não vejo senão escombros ao meu redor.

30.
Onde encontrar energia em Paris? Um punhal é uma curiosidade que se pendura em um prego dourado e que se enfeita com uma bela bainha. Mulheres, ideias, sentimentos, tudo ali se parece. Não existem mais paixões porque as individualidades desapareceram. As posições sociais, os espíritos, as fortunas foram nivelados, e todos nós usamos roupas pretas, como se estivéssemos de luto pela França.

31.
A beleza e as virtudes não são valores em nosso bazar humano, e vocês chamam de *sociedade* esse antro de egoísmo! Mas deserdem as mulheres! Pelo menos, assim, vocês cumprirão uma lei da natureza ao escolherem suas companheiras, desposando-as de acordo com os desejos do coração.

32.
Quem algum dia poderá explicar, pintar ou compreender Napoleão? Um homem que é representado com os braços cruzados, e que fez tudo! Que foi o mais belo poder conhecido, o poder mais concentrado, o mais corrosivo, o mais ácido de todos os poderes. Gênio singular que levou para toda parte a civilização armada sem fixá-la em parte alguma; um homem que podia fazer tudo,

porque ele queria tudo. Prodigioso fenômeno de vontade, domando uma doença por meio de uma batalha e que, no entanto, devia morrer de doença no seu leito, depois de ter vivido em meio às balas e aos projéteis. Um homem que tinha na cabeça um código e uma espada, a palavra e a ação. Espírito perspicaz que tudo adivinhou, exceto sua queda. Político excêntrico, que enganava os homens aos magotes por economia, e que respeitou três cabeças, as de Talleyrand[4], de Pozzo di Borgo[5] e de Metternich[6], diplomatas cuja morte teria salvo o império francês, e que lhe pareciam pesar mais do que milhares de soldados. Homem ao qual, por um raro privilégio, a natureza havia deixado um coração em seu corpo de bronze. Homem bom e risonho à meia-noite entre as mulheres e, pela manhã, manejando a Europa como uma menina que se diverte açoitando a água de seu banho! Hipócrita e generoso, amando os brilhos falsos e a simplicidade, sem gosto e protegendo as artes. Apesar dessas antíteses, grande em tudo por instinto ou por organização. César aos vinte e cinco anos, Cromwell aos trinta.

---

4 Charles-Maurice de Talleyrand (1754-1838), político e diplomata francês.

5 Carlo Andrea Pozzo di Borgo (1768-1842), nobre corso que foi diplomata na corte russa, durante o governo do tsar Alexandre I.

6 Klemens Wenzel Nepomuk Lothar, príncipe de Metternich (1773-1859), estadista e diplomata austríaco.

Além disso, como um merceeiro do Père-Lachaise[7], bom pai e bom esposo. Enfim, ele improvisou monumentos, impérios, reis, códigos, versos, um romance, e tudo com mais alcance que justeza. Ele não quis fazer da Europa a França? E depois de nos ter feito pesar sobre a terra de maneira a modificar as leis da gravitação, ele nos deixou mais pobres do que no dia em que tinha posto as mãos em nós. E ele, que tinha tomado um império com seu nome, perdeu seu nome à beira de seu império, em um mar de sangue e de soldados. Homem todo pensamento e todo ação, que compreendia Desaix[8] e Fouché[9]!

33.

A razão é sempre mesquinha perto do sentimento. Uma é naturalmente limitada, como tudo aquilo que é positivo, e

---

7 Bairro de Paris, célebre pelo cemitério de mesmo nome.

8 Louis-Charles-Antoine Desaix de Veygoux (1768-1800), um dos mais célebres heróis militares franceses. Lutou nas guerras que se seguiram à Revolução e nas guerras napoleônicas, morrendo na batalha de Marengo.

9 Joseph Fouché, duque de Otranto (1758-1820), eleito deputado na Convenção, em 1792, combateu os religiosos e a nobreza. Comandando a repressão ao movimento contrarrevolucionário de Lyon, em 1793, notabilizou-se por promover execuções em massa. Prestou serviços ao governo de Napoleão, especialmente como ministro da polícia. Foi presidente do governo provisório, após a queda do Imperador, e novamente ministro no governo de Luís XVIII.

o outro é infinito. Raciocinar onde é necessário sentir é próprio das almas sem alcance.

34.

Existem pensamentos aos quais obedecemos sem conhecê-los; eles estão em nós sem que saibamos. Embora essa reflexão possa parecer mais paradoxal que verdadeira, toda pessoa de boa-fé encontrará mil provas disso na sua vida.

35.

Algumas figuras humanas são imagens despóticas que vos falam, vos interrogam, que respondem aos vossos pensamentos secretos e que chegam a ser poemas inteiros.

36.

As dores dos espíritos superiores têm um não sei quê de grandioso e de imponente, elas revelam imensas extensões de alma que o pensamento do espectador estende ainda mais. Essas almas partilham os privilégios da realeza, cujas afeições estão ligadas a um povo e que tocam então todo um mundo.

37.

Quando um espírito de forte têmpera constrói um retiro para si próprio, como Richelieu em Brouage, e esboça para si um fim grandioso, ele faz disso como que um ponto de apoio que o ajuda a triunfar. Napoleão não tinha retiro. Um império está no mesmo caso de Deus: ele só pode ser ou não ser.

38.

Nenhum código, nenhuma instituição humana pode prevenir o crime moral que mata com uma palavra. Aí está o defeito das justiças sociais. Aí está a diferença que se encontra entre os costumes da alta sociedade e os costumes do povo: um é franco, o outro é hipócrita. Para um a faca, para o outro o veneno da linguagem ou das ideias; para um a morte, para o outro a impunidade.

39.

Se em qualquer circunstância um homem não dá voltas em torno das coisas ou das ideias para examiná-las sob as suas diferentes facetas, este homem é incompleto e fraco, portanto, ameaçado de perecer.

40.

Saber se aborrecer convenientemente é uma das condições de qualquer espécie de poder.

41.

Paris ainda é a terra de onde brota mais abundantemente a fortuna. O Potosi[10] está situado na rua Vivienne ou na rua de la Paix, na praça Vendôme ou na rua de Rivoli. Em qualquer outra região, as obras materiais, os suores de negociante e algumas marchas e contramarchas são necessários para a edificação de uma fortuna. Porém, ali bastam

---

10 Cidade da Bolívia, conhecida por suas ricas minas de prata.

os pensamentos. Ali qualquer homem, mesmo mediocremente espirituoso, percebe uma mina de ouro ao calçar os seus chinelos, ao escovar os dentes depois do jantar, ao se deitar, ao se levantar. Encontrem um lugar do mundo onde uma boa ideia, bem idiota, renda mais e seja mais rapidamente compreendida.

42.
A política é impossível sem um homem de honra com quem se possa dizer tudo e fazer tudo.

43.
O grande segredo da alquimia social é tirar todo o proveito possível de cada uma das idades pelas quais passamos: é ter todas as suas folhas na primavera, todas as suas flores no verão e todos os frutos no outono.

44.
Trabalhando para as massas, a indústria moderna vai destruindo as criações da arte antiga, cujos trabalhos eram totalmente pessoais tanto para o consumidor quanto para o artesão. Nós temos *produtos*, não temos mais *obras*.

45.
Hoje em dia as belas mansões estão sendo vendidas, são demolidas e dão lugar a ruas. Ninguém sabe se a sua prole conservará o domicílio paterno, por onde cada um passa como se estivesse em um albergue, enquanto, antigamen-

te, ao construir uma residência, trabalhava-se – ou, pelo menos, acreditava-se trabalhar – para uma família eterna. Daí a beleza das mansões. A fé em si fazia prodígios tanto quanto a fé em Deus.

46.

Toda natureza superior tem na forma algumas leves imperfeições que se tornam atrativos irresistíveis, alguns pontos luminosos onde brilham os sentimentos opostos, onde os olhares se detêm. Uma perfeita harmonia anuncia a frieza das organizações mistas.

47.

Um ódio confessado é impotente.

48.

Talvez nunca se deva sentenciar quem está certo ou errado, o filho ou a mãe. Entre esses dois corações, só existe um juiz possível: esse juiz é Deus! Deus que muitas vezes assenta a sua vingança no seio das famílias e serve-se eternamente dos filhos contra as mães, dos pais contra os filhos, dos povos contra os reis, dos príncipes contra as nações, de todos contra todos. Substituindo no mundo moral os sentimentos por outros sentimentos, como as folhas novas tomam o lugar das velhas na primavera; agindo no intuito de uma ordem imutável, de um objetivo que, sem dúvida, só ele conhece. Cada coisa caminha para o seu seio ou, mais ainda, para ele retorna.

49.

O céu e o inferno são dois grandes poemas que formulam os dois únicos pontos sobre os quais gira a nossa existência: a alegria ou a dor. O céu não é – e não seria sempre – uma imagem do infinito de nossos sentimentos, que nunca será pintada senão em seus detalhes, porque a felicidade é una? E o inferno não representaria as torturas infinitas de nossas dores, com as quais nós podemos fazer poesia, porque elas são todas dessemelhantes?

50.

As questões pessoais que dizem respeito ao rei são hoje em dia tolices sentimentais, é preciso desembaraçar delas a política. Com relação a isso, os ingleses – com o seu jeito de cão de guarda macho ou fêmea – estão mais avançados do que nós. A política não está mais nisso; ela está no impulso a ser dado à nação criando uma oligarquia, na qual permanece um pensamento fixo de governo e que dirige os negócios públicos em um caminho reto, em vez de deixar o país dar tiros em mil direções diferentes, como temos feito nos últimos quarenta anos nesta bela França, tão inteligente e tão simplória, tão louca e tão sábia, à qual seria necessário um sistema mais do que alguns homens. O que são as pessoas nessa bela questão? Se o objetivo é grande, se ela vive mais feliz e sem perturbações, o que importa à massa os lucros de nossa administração, nossa fortuna, nossos privilégios e nossos prazeres?

51.
Uma vez que Deus é reconhecido pelo incrédulo, este se lança no catolicismo absoluto – o qual, visto como sistema, é completo.

52.
A dor, do mesmo modo que o prazer, tem sua iniciação. Eis o primeiro ângulo da questão do coração, os outros são esperados, a prostração dos nervos é conhecida, o capital de nossas forças tem feito os seus gastos enfrentando uma enérgica resistência.

53.
A maioria dos dramas reside nas ideias que formamos das coisas. Os acontecimentos que nos parecem dramáticos nada mais são que os assuntos que nossa alma converte em tragédia ou em comédia, ao sabor do nosso caráter.

54.
O desconhecido é o escuro infinito, e nada é mais atraente. Elevam-se desta sombra extensa alguns fogos que, por momentos, a sulcam e colorem as fantasias à la Martynn[11].

---

11 Trata-se do pintor e gravador inglês John Martin (1789-1854), célebre por suas obras inspiradas em temas bíblicos. Mantivemos a grafia incorreta de Balzac por se tratar de um erro do próprio autor, que ele jamais corrigiu nas diversas edições contemporâneas da obra do qual foi extraído esse aforismo (a novela "Modeste Mignon").

55.

Talvez um dos maiores prazeres que possam sentir os espíritos pequenos ou os seres inferiores seja o de enganar as grandes almas e de apanhá-las em uma armadilha.

56.

A igualdade moderna, desenvolvida atualmente além da medida, necessariamente desenvolveu na vida privada – em uma linha paralela à vida política – o orgulho, o amor-próprio e a vaidade, as três grandes divisões do *eu* social. Os tolos querem ser considerados gente de espírito, querem ser pessoas de talento. As pessoas de talento querem ser tratadas como pessoas de gênio; quanto às pessoas de gênio, elas são mais razoáveis, consentindo em ser apenas semideuses. Esta tendência do espírito público atual, que torna na câmara o industrial invejoso do estadista e o administrador invejoso do poeta, leva os tolos a denegrirem as pessoas de espírito, as pessoas de espírito a denegrirem as pessoas de talento, as pessoas de talento a denegrirem aquelas dentre elas que as ultrapassam em umas poucas polegadas e os semideuses a ameaçarem as instituições, o trono, enfim, tudo aquilo que não os adora incondicionalmente. A partir do momento em que uma nação muito impoliticamente abateu as superioridades sociais reconhecidas, ela abre as comportas por onde se precipita uma torrente de ambições secundárias, cuja menor quer ainda ter a primazia. Ela tinha em sua aristocracia um mal – no dizer dos democratas –, porém um mal definido, circunscrito. Ela trocou-a por dez aristocracias rivais e armadas, a pior das situações. Ao proclamar a igualdade entre todos, promulgou-se a declaração dos direitos da inveja. Desfrutamos hoje em dia das saturnais[12] da revolução transportadas para o domínio – pacífico na aparência – do espírito, da indústria e da política. Assim, poderia parecer que hoje em dia as reputações devidas ao trabalho, aos serviços prestados e ao talento são privilégios concedidos a expensas da massa. Logo se esperará a reforma agrária até no campo da glória. Portanto, nunca em tempo algum se pleiteou a escolha de seu nome pelo público por motivos mais pueris. As pessoas distinguem-se a qualquer preço pelo ridículo, através de uma fingida demonstração de amor por alguma causa nacional estranha à nossa, pelo sistema penitenciário, pelo futuro dos detentos libertados, pelos pequenos meliantes acima ou abaixo de doze anos, por todas as misérias sociais. Essas diversas manias criam algumas dignidades postiças, presidentes, vice-presidentes e secretários de sociedades cujo número ultrapassa, em Paris, o das questões sociais que se busca resolver por meio delas. Demoliram a grande sociedade para fazer com ela mil pequenas à imagem da defunta. Essas organizações parasitas não revelam a decomposição? Não serão o fervilhar dos vermes no cadáver? Todas essas sociedades são filhas da mesma mãe: a *vaidade*. Não é assim que procedem a caridade católica ou a verdadeira beneficência.

---

12 Festas orgiásticas em honra a Saturno. Equivalente à bacanal.

Elas estudam os males nas chagas, curando-as, e não ficam discutindo em assembleia sobre os princípios morbíficos pelo prazer de discutir.

57.
Os tolos colhem mais vantagens da sua fraqueza do que as pessoas de espírito obtêm da sua força. Observam sem ajudar um grande homem lutando contra a sorte e financiam um merceeiro ameaçado de falência. Isso porque se acreditam superiores ao protegerem um imbecil e ficam incomodados por serem apenas iguais a um homem de gênio.

58.
Amplifica-se igualmente a infelicidade e a felicidade. Nós nunca somos tão infelizes nem tão felizes quanto dizemos.

59.
É extremamente raro encontrar um acordo entre o talento e o caráter. As faculdades não são o resumo do homem. Esta separação, cujos fenômenos espantam, provém de um mistério inexplorado, e talvez inexplorável. O cérebro, suas produções de todo gênero – porque, nas artes, a mão do homem é uma continuação do seu cérebro – são um mundo à parte que floresce sob o crânio, em uma perfeita independência de sentimentos com relação àquilo que se designa como as virtudes do cidadão, do pai de família, do homem privado. Isso não é, no

entanto, absoluto. Nada no homem é absoluto. É certo que a devassidão dissipará o seu talento, que o beberrão o despenderá nas suas libações, sem que o homem virtuoso possa adquirir talento por meio de uma vida honesta e saudável. Porém, também está quase provado que Virgílio, o pintor do amor, jamais amou Dido[13], e que Rousseau, o cidadão-modelo, tinha orgulho em entreter toda uma aristocracia. Todavia, Michelangelo e Rafael apresentam o feliz acordo entre o gênio, a forma e o caráter. O talento entre os homens é, portanto, quase igual, quanto à moral, ao que é a beleza entre as mulheres: uma promessa. Admiremos duas vezes o homem no qual o coração e o caráter se igualam em perfeição ao talento.

60.
Todo grande sentimento é um poema de tal modo individual que mesmo o vosso melhor amigo não se interessa por ele. É um tesouro que é somente vosso.

61.
O primeiro movimento é a voz da natureza, e o segundo é a da sociedade.

---

13 Filha de Belus, rei de Tiro, e irmã de Pigmalião, Dido é uma figura lendária a quem é atribuída a fundação de Cartago. Virgílio utilizou-a como personagem em sua *Eneida*.

62.
Talvez as emoções suaves sejam pouco literárias.

63.
A poesia é um dos encantos da vida. Ela não é toda a vida.

64.
A tristeza engendrada pela ruína de todas as nossas esperanças é uma doença; ela muitas vezes causa a morte. Não será uma das menores ocupações da psicologia atual a de investigar por quais vias, por quais meios, um pensamento consegue produzir a mesma desorganização que um veneno, como o desespero tira o apetite, destrói o piloro[14] e modifica todas as condições da mais forte das vidas.

65.
Não existirão mais grandes estadistas; existirão apenas homens que tocarão mais ou menos nos acontecimentos.

66.
Essa grama acha que o homem construiu seus palácios para alojá-la e faz ruir um dia os mármores mais solidamente assentados, como o povo introduzido no edifício da feudalidade lançou-o por terra. O poder do fraco que pode se infiltrar em toda parte é maior que o do forte que descansa sobre os seus canhões.

---

14 Orifício que faz a comunicação entre o estômago e o duodeno.

67.

O homem de gênio tem na consciência do seu talento e na solidez da glória como que um local reservado onde o seu orgulho legítimo se exerce e se expõe ao ar livre sem incomodar ninguém. Além disso, sua luta constante com os homens e as coisas não lhe deixa tempo para entregar-se às coqueterias a que se permitem os heróis da moda, que se apressam a recolher os frutos de uma estação fugidia, e cuja vaidade, o amor-próprio, tem a exigência e as impertinências de uma alfândega ávida por cobrar seus direitos sobre tudo aquilo que passa ao seu alcance.

68.

Em Paris, existem quase tantas realezas quanto as diferentes artes, especialidades morais, ciências e profissões que nela se encontram. O mais forte dentre aqueles que as praticam tem a sua própria majestade: ele é apreciado, respeitado por seus pares que conhecem as dificuldades do ofício, e cuja admiração é adquirida por quem pode fazer isso sem dificuldade.

69.

Certamente, a moral não muda, ela é uma. Porém, suas obrigações variam segundo as esferas. Do mesmo modo como o sol ilumina diversamente os lugares, produzindo neles as diferenças que admiramos, ela conforma o dever social à condição, às posições. O pecadilho do soldado é um crime no general, e reciprocamente. As observâncias não são as mesmas para uma camponesa, que faz a colheita, para uma operária de quinze tostões por dia, para a filha de um pequeno varejista, para a jovem burguesa de uma rica casa comercial, para a jovem herdeira de uma nobre família e para uma moça da casa d'Este[15]. Um rei não deve se abaixar para apanhar uma moeda de ouro, e o lavrador deve refazer o seu caminho para recuperar dez tostões perdidos, embora ambos devam obedecer às leis da economia.

70.
Deus, em sua previdência, deu alimentos e roupas ao homem, e não lhe deu diretamente a arte! Ele disse ao homem: – "Para viver, tu te curvarás sobre a terra; para pensar, tu te elevarás até mim!" Nós temos tanta necessidade da vida da alma quanto da do corpo. Daí, duas utilidades. Assim, é bem certo que a gente não se calça com um livro. Um canto de epopeia não vale, do ponto de vista utilitário, uma sopa econômica da secretaria de beneficência. A mais bela ideia dificilmente substituiria a vela de um navio. Certamente, uma caldeira de pressão, erguendo-se duas polegadas sobre si mesma, nos proporciona o pano cinco tostões mais barato por metro. Porém, esta máquina e as perfeições da indústria não insuflam a vida em um povo e não dirão no futuro que ele existiu, enquanto a arte egípcia, a arte mexicana, a arte grega e a arte romana, com suas obras-primas tachadas de inúteis, atestaram a existência desses povos no vasto es-

---

15 Uma das mais tradicionais famílias da nobreza veneziana.

paço dos tempos, lá onde grandes nações intermediárias, desprovidas de homens de gênio, desapareceram sem deixar no globo o seu cartão de visita! Todas as obras do gênio são o apogeu de uma civilização e pressupõem uma imensa utilidade. Certamente, um par de botas não ganha, a meu ver, de uma peça de teatro, e vós não preferireis a igreja de Saint-Ouen a um moinho? Pois bem, um povo é animado pelo mesmo sentimento que um homem, e o homem tem como ideia favorita sobreviver a si próprio moralmente, como ele se reproduz fisicamente. A sobrevivência de um povo é obra dos seus homens de gênio.

71.
O silêncio é, para os seres atacados, o único meio de triunfar: ele esgota as investidas brutais dos invejosos, as selvagens escaramuças dos inimigos. Ele proporciona uma vitória arrasadora e completa. O que existe de mais completo que o silêncio? Ele é absoluto. Não será uma das maneiras de ser do infinito?

72.
A vida é uma sequência de combinações. É necessário estudá-las, segui-las para conseguir se manter sempre em boa posição.

73.
Temos em nós um sentimento do justo, no homem mais civilizado, assim como no mais selvagem, que não nos permite

desfrutar em paz do bem mal adquirido segundo as leis da sociedade na qual vivemos, porque as sociedades bem constituídas são moldadas sobre a própria ordem imposta por Deus aos mundos. As sociedades são, nesse aspecto, de origem divina (o homem não encontra ideias, não inventa formas, ele imita as relações eternas que o envolvem por todos os lados). Assim, vejam o que acontece: nenhum criminoso, indo para o cadafalso e podendo levar o segredo de seus crimes, deixa que lhe cortem a cabeça sem fazer as suas confissões, às quais ele é impelido por um poder misterioso[16].

74.

Os pequenos espíritos têm necessidade do despotismo pelo funcionamento dos seus nervos, assim como as grandes almas têm sede da igualdade pela ação do coração. Ora, os seres estreitos manifestam-se tão bem pela perseguição quanto pela beneficência. Eles podem atestar o seu poder por meio de um domínio cruel ou caritativo sobre os outros, mas eles vão para o lado para o qual os impele o seu temperamento. Somem a isso o motor do interesse, e vocês terão o enigma da maior parte das coisas sociais.

75.

Examinemos a humanidade na história. Todas as famílias nobres do século XI – hoje em dia quase todas extin-

---

16 Este poder misterioso também é conhecido pelo nome de "tortura".

tas, menos a raça real dos Capetos – necessariamente cooperaram para o nascimento de um Rohan, de um Montmorency, de um Bauffremont, de um Mortemart de hoje. Enfim, todas estarão necessariamente no sangue do derradeiro fidalgo verdadeiramente fidalgo. Em outras palavras, todo burguês é primo de um burguês, todo nobre é primo de um nobre. Como diz a sublime página das genealogias bíblicas, em mil anos, três famílias – as de Sem, Cam e Jafé – podem cobrir o globo com os seus filhos. Uma família pode tornar-se uma nação e, infelizmente, uma nação pode voltar a ser uma simples família. Para provar isso, basta aplicar à investigação sobre os ancestrais e à sua acumulação – que o tempo aumenta em uma retrógrada progressão geométrica multiplicada por ela mesma – o cálculo daquele sábio que, pedindo a um rei da Pérsia, como recompensa por ter inventado o jogo de xadrez, uma espiga de trigo para a primeira casa do tabuleiro, e dobrando sempre, demonstrou que o reino não bastaria para pagá-lo. A rede da nobreza abraçada pela rede da burguesia – este antagonismo entre dois sangues protegidos, um por instituições imóveis e o outro pela ativa paciência do trabalho e pela astúcia do comércio – produziu a revolução de 1789. Os dois sangues quase reunidos se encontram hoje em dia face a face, como parentes colaterais sem herança. O que farão eles? Nosso futuro político está ansioso pela resposta.

76.
Os poetas só são grandes porque eles sabem revestir os fatos ou os sentimentos com imagens eternamente vivas.

77.
Talvez os nossos sentimentos obedeçam às leis da natureza sobre a duração e as criações: para uma longa vida, uma longa infância.

78.
Os avarentos não acreditam em uma vida futura: o presente é tudo para eles. Essa reflexão lança uma luz pavorosa sobre a época atual, na qual, mais do que em qualquer outro tempo, o dinheiro domina as leis, a política e os costumes. Instituições, livros, homens e doutrinas – tudo conspira para minar a crença em uma vida futura, sobre a qual o edifício social esteve apoiado nos últimos mil e oitocentos anos. Agora o ataúde é uma transição pouco temida. O futuro que nos esperava para além do réquiem foi transportado para o presente. Chegar *per fas et nefas*[17] ao paraíso terrestre do luxo e dos gozos vaidosos, petrificar seu coração e mortificar o corpo visando às posses passageiras, como outrora se suportava o martírio da vida visando aos bens eternos, eis o pensamento geral! Pensamento, aliás, escrito em toda parte, até nas leis, que perguntam ao legislador "O que tu pagas?", em vez de lhe dizer "O que tu

---
17 "Pelo justo e o injusto", ou seja, por qualquer meio disponível.

pensas?". Quando essa doutrina tiver passado da burguesia para o povo, o que acontecerá com o país?

79.

Quantas lâmpadas maravilhosas será preciso ter esfregado para reconhecer que a verdadeira lâmpada maravilhosa é o acaso, o trabalho ou o gênio?

80.

Do mesmo modo que, ao caminhar nas florestas, alguns terrenos deixam adivinhar (pelo som que produzem sob os passos) grandes massas de pedra ou o vazio, o egoísmo, em bloco, oculto sob as flores da polidez e os subterrâneos minados pela infelicidade, soam ocos no contato permanente da vida íntima.

81.

As pessoas conduzidas pelo instinto têm, em relação às pessoas com ideias, a seguinte desvantagem: é que elas são prontamente adivinhadas. As inspirações do instinto são demasiado naturais e dirigem-se muito aos olhos para não serem logo percebidas. Enquanto, para serem penetradas, as concepções do espírito exigem uma igual inteligência de ambas as partes.

82.

A avareza e a caridade se traem por alguns efeitos semelhantes: a caridade acumula no céu o tesouro que o avarento acumula na terra.

83.

Toda obra de arte – quer se trate da literatura, da música, da pintura, da escultura ou da arquitetura – implica uma utilidade social, positiva, igual àquela de todos os outros produtos comerciais. A arte é o comércio por excelência, ela o subentende. Um livro, hoje em dia, faz que o seu autor embolse alguma coisa como dez mil francos, e sua fabricação supõe a gráfica, a fábrica de papel, a livraria, a fundição, ou seja, milhares de braços em ação. A execução de uma sinfonia de Beethoven ou de uma ópera de Rossini requer um número equivalente de braços, de máquinas, de fabricações.

84.

Tudo é verdadeiro e tudo é falso! Existem para as verdades morais, assim como para as criaturas, alguns meios nos quais elas mudam de aspecto a ponto de serem irreconhecíveis.

85.

Não escutar é não somente uma falta de polidez, mas um sinal de desprezo. Se, de um homem altamente situado, esta impertinência é aceita sem protesto, ela engendra no fundo dos corações um fermento de ódio e de vingança. Porém, de um igual, ela chega a ponto de dissolver a amizade. Nada rende mais no comércio desse mundo que a esmola da atenção.

86.

Os homens realmente instruídos, os políticos a quem os negócios dão uma experiência consumada e o hábito da palavra são adoráveis contadores de histórias, quando sabem contar. Não existe meio-termo para eles: ou eles são pesados ou são sublimes. Talhado em facetas como o diamante, o gracejo dos estadistas é claro, brilhante e cheio de senso.

87.

A ordem moral tem suas leis; elas são implacáveis e sempre se é punido por tê-las ignorado. Existe uma, sobretudo, à qual o próprio animal obedece sem discussão, e sempre. É aquela que nos ordena a fugir de quem quer que nos tenha prejudicado uma primeira vez, com ou sem intenção, voluntária ou involuntariamente. A criatura da qual recebemos dano ou desprazer nos será sempre funesta. Qualquer que seja a sua posição, em qualquer grau de afeição em que a tenhamos, é necessário romper com ela. Ela nos foi enviada pelo nosso mau gênio. Embora o sentimento cristão se oponha a essa conduta, a obediência a esta lei terrível é essencialmente social e conservadora. A filha de Jaime II, que se sentou no trono de seu pai, deve ter-lhe causado mais de uma ferida antes da usurpação[18]. Judas tinha, certamente, dado algum golpe mortífero em Jesus antes de traí-lo. Existe em nós uma visão interior, o

---

18 Jaime II (1633-1701), rei da Inglaterra e da Escócia, havia se convertido ao catolicismo, desagradando profundamente seus súditos mais poderosos. Insatisfeitos, estes apoiaram sua filha Mary (esposa do príncipe holandês Guilherme de Orange), que tomou o poder em 1688.

olho da alma que pressente as catástrofes. A repugnância que sentimos por esse ser fatal é o resultado dessa previsão. Se a religião nos ordena superá-la, resta-nos a desconfiança, cuja voz deve ser incessantemente escutada.

88.
Nada na vida exige mais atenção que as coisas que parecem naturais (a gente sempre desconfia bastante do extraordinário). Por isso, quando vocês veem os homens de experiência, os advogados, os juízes, os médicos, os padres, dando uma enorme importância aos assuntos simples, acham que eles são meticulosos. Quantas vezes os tolos, para desculparem-se aos seus próprios olhos e aos dos outros, exclamam: "Era tão simples que todo mundo teria caído nessa!"

89.
A loteria, essa paixão tão universalmente condenada, jamais foi estudada. Ninguém viu nela o ópio da miséria. A loteria, a mais poderosa fada desse mundo, não desenvolveria esperanças mágicas? O giro da roleta que fazia os jogadores verem montes de ouro e de gozo só durava o que dura um relâmpago, enquanto a loteria dava cinco dias de existência a esse magnífico relâmpago. Qual é hoje em dia o poder social que pode, por alguns tostões, vos tornar felizes durante cinco dias e vos entregar idealmente todas as felicidades da civilização? O tabaco, com um imposto mil vezes mais imoral do que o jogo, destrói o corpo,

ataca a inteligência, embota uma nação, enquanto a loteria não causava a menor infelicidade desse gênero. Esta paixão era, aliás, forçada a se regular pela distância que separava as extrações e pelo tipo de loteria a que cada jogador se afeiçoava.

90.
Aquilo que torna o povo tão perigoso é que ele tem, para todos os seus crimes, uma absolvição em seus bolsos.

91.
As pessoas sem espírito se parecem com as ervas daninhas que gostam das terras férteis. Quanto mais elas se entediam, mais gostam de ser divertidas. A encarnação do tédio do qual elas são vítimas, junto com a necessidade que elas sentem de estar perpetuamente divorciadas de si mesmas, produz essa paixão pelo movimento. Essa necessidade de estar sempre lá onde elas não estão é o que as distingue, assim como aos seres desprovidos de sensibilidade e àqueles cujo destino é malogrado (ou que sofrem por sua culpa).

92.
A vida habitual faz a alma, e a alma faz a fisionomia.

93.
Há em Paris três ordens de miséria. Primeiramente, a miséria do homem que conserva as aparências e a quem

pertence o futuro: miséria dos jovens, dos artistas, das pessoas mundanas momentaneamente atingidas. Os indícios dessa miséria só são visíveis sob o microscópio do observador mais experiente. Essas pessoas constituem a ordem equestre da miséria: elas andam de cabriolé. Na segunda ordem, encontram-se os velhos, para os quais tudo é indiferente, que põem no mês de junho a cruz da Legião de honra em cima de uma sobrecasaca de alpaca. É a miséria dos velhos pensionistas, dos velhos empregados que vivem em Sainte-Périne[19] e que quase não se preocupam mais com as vestimentas exteriores. Por fim, a miséria em farrapos, a miséria do povo, aliás, a mais poética, e que Callot, que Hogarth, que Murillo, Charlet, Raffet, Gavarni, Meissonnier[20], que a arte adora e cultiva, sobretudo no carnaval!

94.

Certamente, o cérebro só obedece às suas próprias leis. Ele não reconhece nem as necessidades da vida e nem os mandamentos da honra. Não se produz uma bela obra porque uma mulher expira, para pagar dívidas desonrosas ou para alimentar as crianças. No entanto, não existe grande talento sem uma grande vontade. Essas duas forças gêmeas são necessárias para a construção do imenso edifício de uma glória. Os homens da elite mantêm seu

---

19 Asilo para idosos, em Paris.
20 Todos esses nomes se referem a pintores e ilustradores.

cérebro em condições de produção, como outrora um bravo tinha suas armas sempre preparadas. Eles domam a preguiça, recusam-se aos prazeres debilitantes, ou só cedem a eles com um comedimento indicado pela extensão das suas faculdades. Assim se explicam Rossini, Walter Scott, Cuvier, Voltaire, Newton, Buffon, Bayle, Bossuet, Leibniz, Lope de Vega, Calderón, Boccaccio, Aretino, Aristóteles – enfim, todas as pessoas que encantam, regem ou conduzem sua época. A vontade pode e deve ser um motivo de orgulho bem mais do que o talento. Se o talento tem seu embrião em uma predisposição cultivada, o querer é uma conquista feita a cada momento sobre os instintos, sobre os gostos domados, recalcados, sobre as fantasias e os entraves vencidos, sobre as dificuldades de todo gênero heroicamente suplantadas.

95.

Embora isso desagrade aos fazedores de idílios ou aos filantropos, as pessoas do campo têm poucas noções sobre certas virtudes e, dentre elas, os escrúpulos provêm de uma paixão interesseira e não de um sentimento do bem ou do belo. Educadas em função da pobreza, do trabalho constante, da miséria, esta perspectiva faz que elas considerem tudo aquilo que pode tirá-las do inferno da fome e do labor eterno como permitido, sobretudo quando a lei não se opõe a isso. Se existem exceções, elas são raríssimas. A virtude, socialmente falando, é a companheira do bem-estar e começa com a instrução.

96.
Geralmente o credor é uma espécie de maníaco. Hoje pronto a fazer um acordo, ele amanhã quer pôr tudo a ferro e fogo. Mais tarde, ele se torna ultrabondoso. Hoje, sua mulher está de bom humor, nasceram os dentes do seu filho mais novo, tudo vai bem em casa, ele não quer perder um tostão. Amanhã ele chora, não pode sair, está melancólico, ele diz sim para todas as propostas que podem concluir uma negociação. Dois dias depois, ele precisa de garantias. No fim do mês, ele pretende vos executar, o carrasco! O credor se parece com esse pardal solto no qual se convencem as criancinhas a colocarem um grão de sal na cauda[21]: porém o credor transfere essa imagem para a sua dívida, da qual ele nada pode obter.

97.
O homem de espírito jamais se rebaixa para examinar os burgueses, que lhe escapam graças a essa desatenção. Enquanto ele zomba deles, eles têm tempo de esganá-lo.

98.
Existem dois tipos de timidez: a timidez de espírito e a timidez dos nervos; uma timidez física e uma timidez moral. Uma é independente da outra. O corpo pode ter medo e tremer enquanto o espírito permanece calmo e corajoso, e vice-versa. Isso fornece a chave de muitas excentricidades

---

21 Existia a crença de que isso impediria a ave de levantar voo.

morais. Quando os dois tipos de timidez se juntam em um homem, ele será nulo por toda a sua vida. Essa timidez é a das pessoas das quais dizemos: É um imbecil. Muitas vezes, nesses imbecis, se escondem grandes qualidades comprimidas. Talvez devamos essa dupla enfermidade a alguns monges que viveram em êxtase. Essa infeliz disposição física e moral é produzida tanto pela perfeição dos órgãos e pela da alma quanto por alguns defeitos ainda inobservados.

99.
Não existe mais nobreza, existe apenas a aristocracia. O código civil de Napoleão matou os pergaminhos como o canhão tinha morto a feudalidade.

100.
Ter uma pretensão e justificá-la é a impertinência da força. Mas estar abaixo de suas pretensões confessas constitui um ridículo constante com o qual se deleitam os espíritos pequenos.

101.
A natureza moral se distingue da natureza física porque nada nela é absoluto. A intensidade dos efeitos é proporcional ao alcance dos caracteres ou das ideias que agrupamos em torno de um fato.

102.
As leis penais foram feitas por pessoas que não conheceram a desgraça.

103
Parece verdadeiramente que as doenças morais sejam criaturas que têm seus apetites, seus instintos, e que querem aumentar o seu espaço e o seu império como um proprietário quer aumentar o seu domínio.

104.
O gênio procede de duas maneiras: ou ele toma seu bem – como Napoleão e Molière – logo que o vê, ou espera que venham procurá-lo quando ele pacientemente se deu a conhecer.

105.
Aquilo que distingue Napoleão de um carregador de água só é perceptível para a sociedade: isso não representa nada para a natureza. Desse modo, a democracia que recusa a desigualdade de condições apela, com isso, incessantemente para a natureza.

106.
As pessoas fracas tranquilizam-se tão rapidamente quanto se assustam.

107.
Não existiria sempre, moralmente falando, um ator em um poeta? Entre exprimir sentimentos que não se sente, mas dos quais se concebem todas as variantes, e fingi-los quando se tem necessidade disso para obter um sucesso no teatro da vida privada a diferença é grande. Todavia, se a hipocrisia

necessária ao homem mundano gangrenou o poeta, ele consegue transportar as faculdades de seu talento para a expressão de um sentimento necessário, assim como o grande homem devotado à solidão acaba por transbordar seu coração para o seu espírito.

108.

O poeta tem sua missão. Ele está destinado por sua natureza a ver a poesia das questões, da mesma maneira que exprime a de todas as coisas. Desse modo, onde você o crê em oposição consigo próprio, ele é fiel à sua vocação. É o pintor executando igualmente bem uma madona e uma cortesã. Molière tem razão nos seus personagens idosos e nos seus jovens, e Molière tinha certamente o juízo são. Esses jogos de espírito, corruptores entre os homens secundários, não exercem nenhuma influência sobre o caráter nos verdadeiros grandes homens.

109.

Não existe – ou, antes, raramente existe – criminoso que seja completamente criminoso. Com mais forte razão, dificilmente encontraremos uma desonestidade compacta. É possível tirar vantagem na hora de prestar contas ao seu patrão, ou tirar para si o máximo de palha possível com o ancinho. Porém, mesmo constituindo um capital por meios mais ou menos lícitos, existem poucos homens que não se permitem algumas boas ações. Mesmo que seja apenas por curiosidade, por amor-próprio, como contraste, por acaso, todo homem teve seu momento de beneficência. Ele o chama de seu erro e não torna a cometê-lo. Porém, ele faz um sacrifício ao bem, como o mais ríspido sacrifica às Graças, uma ou duas vezes em sua vida.

110.

Todo poder humano é um composto de paciência e de tempo. As pessoas poderosas querem e vigiam. A vida do avarento é um constante exercício do poder humano posto a serviço da personalidade. Ele só se apoia em dois sentimentos: o amor-próprio e o interesse. Porém, como o interesse é, de alguma maneira, o amor-próprio sólido e bem entendido, a atestação contínua de uma superioridade real, o amor-próprio e o interesse são duas partes de um mesmo todo, o egoísmo. Daí provém talvez a prodigiosa curiosidade que despertam os avarentos habilmente postos em cena. Todos estão ligados por um fio a esses personagens que provocam todos os sentimentos humanos, resumindo a todos. Onde está o homem sem desejo, e que desejo social será resolvido sem dinheiro?

111.

Embora as famílias enterrem cuidadosamente suas intoleráveis dissidências, penetrem nelas e vocês encontrarão em quase todas chagas profundas, incuráveis, que diminuem os sentimentos naturais. Ou são paixões reais, enternecedoras, que a conveniência dos caracteres torna eternas, e que dão à morte um contragolpe cujas feridas são indeléveis, ou ódios latentes que se infiltram lentamente no coração e secam as lágrimas no dia dos adeuses eternos.

112.

Não confundam o ódio com a vingança: são dois sentimentos bem diferentes. Um é o dos espíritos pequenos, o outro é o efeito de uma lei à qual obedecem as grandes almas. Deus se vinga e não odeia. O ódio é o vício das almas estreitas, elas o alimentam com todas as suas mesquinharias, elas fazem dele o pretexto para as suas baixas tiranias.

113.

Somos, no fim das contas, seres finitos. Nossos sentimentos nos parecem infinitos por causa do pressentimento que temos do céu. Mas eles têm cá embaixo, como limites, as forças de nossa organização. Existem naturezas frouxas e covardes que podem receber um número infinito de feridas e persistir. Porém, existem algumas com temperamento mais forte que terminam por se quebrar com os golpes.

114.

Nunca seria demais que os pacientes anatomistas da natureza humana repetissem as verdades contra as quais devem se chocar as educações, as leis e os sistemas filosóficos. Digamo-las muitas vezes: é absurdo querer reduzir os sentimentos a fórmulas idênticas. Ao se produzirem em cada homem, eles se combinam com os elementos que lhe são próprios e adquirem a sua fisionomia.

115.
Sabe-se o quanto custa para renunciar aos deliciosos hábitos do poder? Se o triunfo da vontade é um dos embriagadores prazeres da vida dos grandes homens, ele é toda a vida dos seres limitados.

116.
Na França, aquilo que existe de mais nacional é a vaidade. A massa das vaidades feridas deu-nos sede de igualdade.

117.
Em cada época, o trono e a corte se cercam de famílias favoritas sem nenhuma semelhança nem de nome nem de caracteres com as dos outros reinados. Nesta esfera, parece que é o fato e não o indivíduo que se perpetua. Se a história não estivesse aí para comprovar esta observação, ela pareceria inacreditável.

118.
A crítica é funesta para o crítico como *o pró* e *o contra* para o advogado. Nesse ofício, o espírito se falseia, a inteligência perde a sua lucidez retilínea. O escritor não existe senão por algumas opiniões preconcebidas. Assim, devemos distinguir duas críticas, do mesmo modo como

na pintura se reconhecem a arte e o ofício. Criticar, à maneira da maioria dos folhetinistas atuais, é exprimir juízos iguais de uma maneira mais ou menos espirituosa, como um advogado defende no tribunal as causas mais contraditórias. Os jornalistas que querem se valorizar encontram sempre um tema para desenvolver na obra que eles analisam. Feito dessa maneira, esse ofício convém aos espíritos preguiçosos, às pessoas desprovidas da sublime faculdade de imaginar ou que, possuindo-a, não têm a coragem de cultivá-la. Toda peça de teatro, todo livro, se torna, sob a sua pena, um assunto que não custa nenhum esforço para a sua imaginação e cuja resenha se escreve zombeteira ou séria, ao sabor das paixões do momento. Quanto ao juízo, qualquer que ele seja, ele é sempre justificável com o espírito francês, que se presta admiravelmente ao pró e ao contra. A consciência é tão pouco consultada, esses bravos se atêm tão pouco à sua opinião, que eles elogiam em um saguão de teatro a obra que eles devastam em seus artigos. Temo-las visto passando, quando é preciso, de um jornal para outro, sem se dar ao trabalho de objetar que as opiniões do novo folhetim devessem ser diametralmente opostas às do antigo. A outra crítica é uma ciência completamente diferente. Ela exige uma compreensão completa das obras, uma visão lúcida sobre as tendências da época, a adoção de um sistema, uma fé em certos princípios – ou seja, uma jurisprudência, um relatório, uma sentença. Esse crítico torna-se, então, o magistrado das ideias, o censor do seu tempo, ele exerce um sacerdócio, enquanto o outro é um acrobata que faz piruetas para ganhar sua vida, enquanto tem pernas.

119.
Se a cor é a luz organizada, ela não deve ter um sentido como as combinações do ar tem o seu?

120.
As leis não estão todas escritas em um livro, os costumes também criam as leis, as mais importantes são as menos conhecidas. Não existe nem professor, nem tratados, nem escola para esse direito que rege as suas ações, os seus discursos, a sua vida exterior, a maneira de você se apresentar ao mundo ou de abordar sua fortuna. Falhar nessas leis secretas é permanecer no fundo do estado social, em vez de dominá-lo.

121.
A polidez requintada, as boas maneiras, provêm do coração e de um grande sentimento de dignidade pessoal. Eis porque, apesar da sua educação, alguns nobres não têm distinção, enquanto certas pessoas de origem burguesa têm naturalmente bom gosto e não precisam de mais que algumas lições para adquirirem, sem imitação canhestra, excelentes maneiras.

122.

Não seja nem confiado, nem banal e nem solícito, três perigos. A confiança muito grande diminui o respeito, a banalidade nos vale o desprezo e o zelo nos torna excelentes para sermos explorados.

123.

Os deveres não são sentimentos. Fazer aquilo que se deve não é fazer aquilo que agrada. Um homem deve ir morrer friamente pelo seu país e pode dar com felicidade a sua vida por uma mulher. Uma das regras mais importantes da ciência das maneiras é um silêncio quase absoluto sobre si mesmo. Finja algum dia falar de você para alguns meros conhecidos; entretenha-os com os seus sofrimentos, com os seus prazeres, com os seus negócios. Você verá a indiferença sucedendo ao interesse fingido. Depois, surgindo o tédio, se a zeladora do prédio não lhe interrompe polidamente, todos se afastarão sob pretextos habilmente arranjados. Porém, quer agrupar em torno de você todas as simpatias? Seja considerado um homem amável e confiável, entretenha-os com eles próprios, busque um meio de pô-los em cena, mesmo levantando questões aparentemente inconciliáveis com os indivíduos. Os rostos se animarão, as bocas lhe sorrirão, e quando você tiver ido embora todos vão elogiá-lo. Sua consciência e a voz do seu coração lhe dirão onde começa a vileza das adulações e onde termina a graça da conversação.

124.
Cultive esta fatal ciência do mundo: a arte de escutar, de falar, de responder, de se apresentar, de sair. A linguagem precisa, aquele não sei quê que não é a superioridade, tanto quanto o hábito não constitui o gênio, mas sem o qual o mais belo talento nunca será admitido nele.

125.
Nunca tolere perto de você pessoas desconsideradas, mesmo que elas não mereçam sua reputação. Porque o mundo nos pede igualmente contas das nossas amizades e dos nossos ódios. Com relação a isso, que os seus julgamentos sejam longa e maduramente ponderados, mas que sejam irrevogáveis.

126.
Não preste algum tipo de serviço que force as pessoas a serem ingratas, porque elas se tornarão para você irreconciliáveis inimigos. Existe o desespero da obrigação, assim como o desespero da ruína, que dá forças incalculáveis.

127.
Os jovens não têm indulgência porque eles não conhecem nada da vida nem de suas dificuldades. O velho crítico é bom e ameno, o jovem crítico é implacável. Este não sabe nada, aquele sabe tudo.

128.

O principal mérito das boas maneiras e da distinção das boas companhias é o de oferecer um conjunto harmonioso onde tudo está tão bem incorporado que nada choca. Mesmo aqueles que, por ignorância ou por um desatino qualquer do pensamento, não seguem as leis dessa ciência compreenderão que nessa matéria uma única dissonância é – como na música – uma completa negação da própria arte, da qual todas as condições devem ser executadas na menor das coisas, sob pena de não serem.

129.

Buffon[22] disse: O gênio é a paciência. A paciência é, com efeito, aquilo que no homem mais se parece com o procedimento que a natureza utiliza em suas criações. O que é a arte? É a natureza concentrada.

130.

A sociedade rejeita os talentos incompletos, assim como a natureza elimina as criaturas fracas ou malformadas.

131.

Um grande escritor é um mártir que não morrerá.

---

22 Georges-Louis Leclerc, conde de Buffon (1707-1788), o mais célebre naturalista francês do século XVIII.

132.
Não existe uma única pessoa que conheça a horrível odisseia pela qual se chega àquilo que é preciso chamar, conforme os talentos, de voga, moda, reputação, renome, celebridade, favor público – esses diferentes escalões que conduzem à glória e que nunca a substituem. Esse brilhante fenômeno se compõe de mil acidentes que variam com tanta rapidez que não existe exemplo de dois homens que tenham chegado ao sucesso pelo mesmo caminho.

133.
O escritor da moda é mais insolente e mais duro para com os recém-chegados que o mais brutal dos editores. Onde o editor vê apenas uma perda, o autor teme um rival. Um vos dispensa, o outro vos arrasa.

134.
Quanto melhor é um livro, menos ele tem chances de ser vendido. Todo homem superior eleva-se acima das massas. Seu sucesso, portanto, está na razão direta do tempo necessário para apreciar a obra. Nenhum editor quer esperar.

135.
O jornal, em vez de ser um sacerdócio, tornou-se um veículo para os partidos. De veículo ele se fez comércio, e como todos os comércios ele não tem nem fé nem lei. Todo jornal é uma loja onde se vendem ao público palavras da

cor que ele deseja. Se existisse um jornal dos corcundas, ele provaria dia e noite a beleza, a bondade e a necessidade dos corcundas. Um jornal não é mais feito para esclarecer, mas para agradar às opiniões. Assim, todos os jornais serão, dentro de algum tempo, covardes, hipócritas, infames, mentirosos e assassinos. Eles matarão as ideias, os sistemas e os homens, e prosperarão por isso mesmo. Eles terão o benefício de todos os seres de razão: o mal será feito sem que ninguém seja culpado por isso.

136.
O jornalismo é uma grande catapulta acionada por pequenos ódios.

137.
O jornal considera como verdadeiro tudo aquilo que é provável. A justiça criminal não procede de outro modo.

138.
Em Paris, um ambicioso é bem rico quando tem perto dele uma pessoa que consente em ser comprometida. Existem na política, assim como no jornalismo, uma multidão de casos em que os chefes nunca devem ser questionados.

139.
O jornal nunca arrisca nada onde o poder tem sempre tudo a perder.

140.
Na literatura, cada ideia tem seu direito e seu avesso, e ninguém pode assumir a responsabilidade de afirmar qual é o avesso. Tudo é bilateral no domínio do pensamento. As ideias são binárias. Janus[23] é o mito da crítica e o símbolo do gênio. Só Deus é triangular! Aquilo que faz a superioridade de Molière e de Corneille não será a faculdade de fazer dizer sim a Alceste e não a Filinto, a Otávio e a Cinna? Rousseau, na *Nova Heloísa*, escreveu uma carta a favor e uma carta contra o duelo: qual é a sua verdadeira opinião? Quem pode julgar entre Clarisse e Lovelace[24], entre Heitor e Aquiles? Qual é o herói de Homero? Qual foi a intenção de Richardson?

141.
O romance que quer o sentimento, o estilo e a imagem é a mais imensa criação moderna. Ele sucede à comédia, que, nos costumes modernos, não é mais possível com as velhas leis. Ele abrange o fato e a ideia em suas invenções, que

---

23 Janus é um personagem da mitologia romana que tinha a capacidade de contemplar ao mesmo tempo o passado e o futuro. Para simbolizar esse poder, sua figura é representada com dois rostos voltados para lados opostos.

24 Balzac refere-se ao romance *Clarisse Harlowe*, publicado em 1748 pelo escritor inglês Samuel Richardson (1689-1761). O livro conta a história da bela e cândida Clarisse, que rejeita um casamento de conveniência arranjado por seus parentes e acaba caindo nas garras do libertino Lovelace.

exigem o espírito de La Bruyère[25] e a moral incisiva, os caracteres tratados como entendia Molière, as grandes maquinações de Shakespeare e a pintura das nuanças mais delicadas da paixão – único tesouro que os nossos antecessores esconderam de nós.

142.

O epigrama é o espírito do ódio, do ódio herdado de todas as más paixões do homem, do mesmo modo que o amor concentra todas as boas qualidades. Assim, não existe homem que não seja espirituoso ao se vingar, pela mesma razão que não existe homem a quem o amor não dê gozos.

143.

Se a finalidade da poesia é colocar as ideias no ponto exato onde todo mundo pode vê-las e senti-las, o poeta deve incessantemente percorrer a escala das inteligências humanas, a fim de satisfazer a todas. Ele deve ocultar sob as mais vivas cores a lógica e o sentimento, dois poderosos inimigos. É necessário que ele encerre todo um mundo de pensamentos em uma palavra, resuma filosofias inteiras através de uma pintura. Enfim, seus versos são sementes das quais as flores devem brotar nos corações buscando os sulcos abertos neles pelos sentimentos pessoais. Não é

---

25 Jean de La Bruyère (1645-1696), moralista francês, autor de uma célebre obra satírica: *Os caracteres ou Os costumes desse século*.

preciso ter sentido tudo para tudo exprimir? E sentir vivamente não é sofrer? Assim, as poesias só são produzidas depois de penosas viagens realizadas nas vastas regiões do pensamento e da sociedade.

144.
Sem dúvida, as ideias se projetam na razão direta da força com a qual são concebidas, indo cair onde o cérebro as envia por uma lei matemática comparável àquela que direciona as bombas ao saírem do morteiro. Diversos são os efeitos disso. Se existem naturezas brandas nas quais as ideias se alojam e que elas devastam, existem também naturezas vigorosamente munidas, crânios com muralhas de bronze sobre os quais as vontades dos outros se achatam e caem como balas diante de um muro. Além disso, existem também naturezas frouxas e esponjosas, onde as ideias dos outros vêm morrer como as balas que são amortecidas pela terra mole dos redutos.

145.
O poder de cálculo no meio das combinações da vida é o selo das grandes vontades, que os poetas, as pessoas fracas ou puramente espirituais nunca conseguem imitar.

146.
Quando uma literatura não tem sistema geral, ela não forma um corpo e se dissolve com o seu século.

147.

No mundo político tudo muda de aspecto. As regras que regem os indivíduos se curvam diante dos grandes interesses. Se você chega à esfera onde se movem os grandes homens, você é como um Deus, único juiz das suas resoluções. Você, então, não é mais um homem, mas a lei viva. Você não é mais um indivíduo, você está encarnado na nação.

148.

Por falta de exercício, as paixões diminuem ampliando coisas mínimas.

149.

Existem pessoas que não podem contar com nada, nem mesmo com o acaso, porque há existências sem acaso.

150.

Diplomacia! Ciência daqueles que não têm nenhuma e que são profundos como o vazio! Ciência muito cômoda, pelo fato de que ela é demonstrada pelo próprio exercício desses altos postos. Querendo homens discretos, permite aos ignorantes nada dizerem, se entrincheirarem em misteriosos meneios de cabeça. Enfim, o homem mais bobo nessa ciência é aquele que nada mantendo sua cabeça acima do rio dos acontecimentos que ele então parece conduzir – o que se torna uma questão de leviandade específica. Ali, como nas artes, se encontram mil mediocridades para um homem de gênio.

151.

As grandes almas estão sempre dispostas a fazer de uma infelicidade uma virtude.

152.

O gênio é sempre fidalgo.

153.

Ao convidar hoje em dia todos os seus filhos para um mesmo festim, a sociedade desperta suas ambições desde a manhã da vida. Ela destitui a juventude de suas graças e vicia a maioria de seus sentimentos generosos, misturando a eles o calculismo.

154.

Lidar com a sociedade, quando não é um dom de um nascimento nobre, uma ciência sugada com o leite ou transmitida pelo sangue, constitui uma educação que o acaso deve auxiliar com uma certa elegância de forma, com uma distinção nos traços, com um timbre de voz peculiar.

155.

Existem palavras que, semelhantes às trombetas, aos címbalos ou ao bumbo dos saltimbancos, sempre atraem o público. As palavras "beleza", "glória", "poesia" têm sortilégios que seduzem até os mais grosseiros.

156.

Nós nos apoderamos do mundo com o coração faminto de amor. Depois, quando nossas riquezas passaram pelo crisol[26], quando nos misturamos com os homens e com os acontecimentos, tudo diminui imperceptivelmente e nós encontramos pouco ouro e muitas cinzas. Eis a vida! A vida tal como ela é: de grandes pretensões e pequenas realidades!

157.

Dentre as extravagâncias da sociedade, vocês não repararam nos caprichos dos seus julgamentos e na loucura das suas exigências? Existem pessoas às quais tudo é permitido: elas podem fazer as coisas mais despropositadas, delas tudo é conveniente. Disputam para ver quem justificará suas ações. Porém, existem outras pessoas para as quais o mundo é de uma incrível severidade; essas devem fazer tudo bem, nunca se enganarem, nem falharem, nem mesmo deixarem escapar uma tolice. Vocês diriam que elas são como estátuas admiradas que são tiradas do seu pedestal quando o inverno faz que lhes caia um dedo ou que elas quebrem o nariz. Não se permite a elas nada de humano. Elas são obrigadas a serem sempre divinas e perfeitas.

158.

A necessidade de nossa época é o drama. O drama é o voto do século, no qual a política é um perpétuo drama

---

26 Recipiente onde é colocado um metal para ser fundido.

mímico. Não vimos, em vinte anos, os quatro dramas da Revolução, do Diretório, do Império e da Restauração?

159.
Não é destruído quem quer. As pessoas levianas, sem consciência, para as quais tudo é indiferente, não podem nunca oferecer o espetáculo de um desastre. Só a religião imprime um sinal particular sobre os seres caídos: eles acreditam em um futuro, em uma providência. Existe neles uma certa luz que os assinala, um ar de santa resignação entremeada de esperanças que causa uma espécie de enternecimento. Eles sabem tudo aquilo que perderam, como um anjo exilado chorando na porta do céu.

160.
Esquecer é o grande segredo das existências fortes e criadoras. Esquecer à maneira da natureza, que não conhece nenhum passado, que recomeça a cada instante os mistérios de suas infatigáveis criações.

161.
As instituições dependem inteiramente dos sentimentos que os homens ligam a elas e das grandezas com que elas são revestidas pelo pensamento. Desse modo, quando não existe mais, não digo religião, mas crença em um povo, quando a educação primária afrouxou todos os laços conservadores, habituando a criança a uma impiedosa análise, uma nação está dissolvida. Ela não constitui mais um corpo a não

ser pelas ignóbeis soldaduras do interesse material, pelos mandamentos do culto que cria o egoísmo bem entendido.

162.
Qualquer espécie de decisão é tomada em um instante. Não importa o que se faça, é preciso chegar ao momento em que se decide. Quanto mais se colocam em batalha razões contra e razões a favor, menos o julgamento é são. As mais belas coisas da França foram feitas quando não existia relatório e quando as decisões eram espontâneas. A lei suprema do estadista é aplicar algumas fórmulas precisas a todos os casos, à maneira dos juízes e dos médicos.

163.
Na vida dos ambiciosos e de todos aqueles que só podem fazer sucesso com a ajuda dos homens e das coisas por meio de um plano de conduta mais ou menos bem combinado, seguido, mantido, encontra-se um momento cruel no qual não sei que potência os submete a duras provas: tudo falta ao mesmo tempo, de todos os lados os fios se rompem ou se embaraçam, a desgraça aparece em todos os pontos. Quando um homem perde a cabeça em meio a essa desordem moral, ele está perdido. As pessoas que sabem resistir a essa primeira revolta das circunstâncias, que se retesam deixando passar a tormenta, que se salvam, subindo por meio de um espantoso esforço à esfera superior, são os homens realmente fortes. Qualquer homem, a menos que tenha nascido rico, tem, portanto, aquilo que é necessário chamar de sua

"semana fatal". Para Napoleão, sua semana fatal foi a retirada de Moscou.

164.
As vocações malogradas desbotam toda a existência.

165.
A natureza só fez as bestas; nós devemos os tolos ao estado social.

166.
O maior sinal de esterilidade espiritual é o amontoamento dos fatos. A sublime comédia do *Misantropo*[27] prova que a arte consiste em construir um palácio sobre a ponta de uma agulha.

167.
Que nome dar a esse poder desconhecido que faz que os viajantes apertem o passo sem que a tempestade tenha ainda se manifestado, que faz resplandecer de vida e de beleza o moribundo alguns dias antes da sua morte e lhe inspira os mais ridentes projetos, que aconselha o sábio a levantar sua lâmpada noturna no momento em que ela o ilumina perfeitamente, que faz que uma mãe tema o olhar demasiado profundo lançado sobre sua criança por um homem perspicaz? Todos nós sofremos essa influência

---

27 Da autoria de Molière.

nas grandes catástrofes de nossa vida e ainda não lhe demos um nome e nem a estudamos. É mais do que o pressentimento, e não é ainda a visão.

168.

Os crimes são proporcionais à pureza das consciências e um fato que, para um determinado coração, é apenas uma falta na vida, adquire as proporções de um crime para certas almas cândidas. A palavra "candura" não terá, com efeito, um alcance celeste? E a mais leve mácula na branca vestimenta de uma virgem não faz dela uma coisa ignóbil, como são os andrajos de um mendigo? Entre essas duas coisas, a única diferença é apenas a que existe entre a infelicidade e a culpa. Deus jamais mede o arrependimento, ele não o divide, e é necessário fazer a mesma coisa para apagar uma mancha quanto para fazê-lo esquecer toda uma vida.

169.

Todas as dores são individuais, seus efeitos não estão submetidos a nenhuma regra fixa. Alguns homens arrolham os ouvidos para não escutarem mais nada; algumas mulheres fecham os olhos para não verem mais nada. Além disso, encontram-se grandes e magníficas almas que se lançam na dor como em um abismo. Em questão de desespero, tudo é verdadeiro.

170.

Existem alguns seres que têm o privilégio de estarem entre os homens como astros benfazejos, cuja luz ilumina os espíritos, cujos raios aquecem os corações.

171.
Os homens têm dois caracteres: eles têm um para o seu interior, para as suas mulheres, para a sua vida secreta, e que é o verdadeiro. Aí, não existe mais máscara, não existe mais dissimulação. Eles não se dão ao trabalho de fingir, eles são aquilo que são e são muitas vezes horríveis. Depois o mundo, os outros, os salões, a corte, o soberano, a política os veem grandes, nobres, generosos, em um traje bordado de virtudes, adornados com uma bela linguagem, repletos de refinadas qualidades.

172.
Os conventos de homens são pouco concebíveis. Neles o homem parece fraco: ele nasceu para agir, para realizar uma vida de trabalho, da qual ele se subtrai em sua cela. Porém, em um mosteiro de mulheres, quanto vigor viril e comovente fraqueza! Um homem pode ser levado por mil sentimentos para o fundo de uma abadia, ele lança-se nela como em um precipício. Mas a mulher sempre vai para lá arrastada por um único sentimento: ela não se desnatura, ela desposa Deus. Vocês podem dizer a um religioso: "Por que não haveis lutado?", mas a reclusão de uma mulher não será sempre uma luta sublime?

173.
Uma aristocracia é, de alguma forma, o pensamento de uma sociedade, como a burguesia e os proletários são o seu organismo e a sua ação. Daí dos sítios diferentes para essas forças e de seu antagonismo provém uma antipatia

aparente que produz a diversidade de movimentos, realizados entretanto com um objetivo comum.

174.

As massas têm um bom senso que elas só abandonam no momento em que pessoas de má-fé despertem as suas paixões.

175.

Se forçosamente fala-se muito nas altas esferas, nelas pensa-se pouco. Pensar é uma fadiga, e os ricos gostam de ver correr a vida sem grande esforço. Desse modo, é comparando o fundamento das pilhérias por escalões – desde o moleque de Paris até o par de França – que o observador compreende as palavras de Talleyrand: "As maneiras são tudo". Tradução elegante do seguinte axioma literário: "A forma é superior ao fundo". Aos olhos do poeta, a vantagem ficará com as classes inferiores, que nunca deixam de pôr um rude selo de poesia em seus pensamentos. Esta observação talvez também faça compreender a infertilidade dos salões, seu vazio, sua pouca profundidade e a repugnância que as pessoas superiores sentem por fazerem o mal negócio de irem até lá para trocar os seus pensamentos.

176.

Os homens permitem que nos elevemos acima deles, mas nunca nos perdoam por não descermos tão baixo quanto eles. Assim, o sentimento que eles concedem aos grandes caracteres não deixa de ter um pouco de ódio e de temor. Demasiada honra é para eles uma censura tácita, que eles nunca perdoam nem aos vivos e nem aos mortos.

177.
A todo momento, o homem de dinheiro pesa os vivos, o homem de contratos pesa os mortos, o homem de lei pesa as consciências. Obrigados a falar sem parar, todos substituem a ideia pela palavra, o sentimento pela frase, e sua alma torna-se uma laringe. Eles se gastam e se desmoralizam; nem o grande negociante, nem o juiz e nem o advogado conservam o seu justo senso. Eles não sentem mais, eles aplicam as regras que falseiam as espécies.

178.
A vida nada mais é, para nós, do que aquilo que os sentimentos fazem dela.

179.
À medida que se sobe para o topo da sociedade, encontra-se tanta lama quanto a que existe por baixo. A única diferença é que ela ficou endurecida e foi dourada.

180.
A mais cruel vingança é o desdém de uma vingança possível.

181.

Uma das infelicidades às quais estão submetidas as grandes inteligências é compreender forçosamente todas as coisas: os vícios tão bem quanto as virtudes.

182.

Os homens desconhecidos vingam-se da humildade da sua posição por meio da altura da sua visão.

183.

Hoje em dia, mais do que nunca, reina o fanatismo da individualidade. Quanto mais nossas leis tenderem para uma impossível igualdade, mais nos afastaremos dela pelos costumes.

184.

Resistir, eis o fundamento da virtude.

185.

A alma tem o poder desconhecido de estender assim como de estreitar o espaço.

186.

A religião será sempre uma necessidade política.

187.

Se os princípios da natureza se curvam às formas desejadas pelos climas, por que não ocorreria o mesmo com os sentimentos entre os indivíduos? Sem dúvida, os sentimentos que estão ligados à lei geral pela massa contrastam apenas na expressão. Cada alma tem sua maneira.

188.
O devedor é mais forte que o credor.

189.
O poder arbitrário salva os povos vindo em socorro da justiça, porque o direito de mercê não tem avesso. O rei que pode anistiar o falido fraudulento não devolve nada ao acionista. A legalidade mata a sociedade moderna.

190.
Agora que o mais ínfimo borrador pode enviar sua obra ao Louvre, o que está em questão são apenas pessoas incompreendidas. Onde não existe mais julgamento não existe coisa julgada, e a glória está na coisa julgada.

191.
O princípio da eleição aplicado a tudo é falso. A França voltará atrás nisso.

192.
A Convenção, modelo de energia, foi composta em grande parte de cabeças jovens. Nenhum soberano deve esquecer que ela soube opor quatorze exércitos à Europa. Sua política, tão fatal aos olhos daqueles que se inclinam para o

poder dito absoluto, nem por isso deixava de ser ditada pelos verdadeiros princípios da monarquia, porque ela se conduzia como um grande rei.

193.

A Restauração, do mesmo modo que a revolução polonesa[28], soube demonstrar tanto às nações quanto aos príncipes aquilo que vale um homem e o que acontece quando ele falta.

194.

A maior falta que se pode cometer na vida é a de se indispor com um homem superior.

195.

Não existem, em uma nação, mais do que cinquenta ou sessenta cabeças perigosas, nas quais o espírito seja proporcional à ambição. Saber governar é conhecer essas cabeças, para cortá-las ou comprá-las.

196.

O humanitarismo é para a divina caridade católica aquilo que o sistema é para a arte: o raciocínio substituindo a obra.

197.

Hoje em dia servir o Estado não é mais servir o príncipe, que sabia punir e recompensar! Hoje em dia servir o Esta-

---

28 A Polônia, reunida à Rússia a partir dos tratados de 1815, tentou libertar-se em 1830, sendo cruelmente reprimida.

do é servir todo mundo. Ora, todo mundo não se preocupa com ninguém. Servir todo mundo é não servir a ninguém. Ninguém se interessa por ninguém. Um funcionário público vive entre essas duas negações.

198.

A constituição concedida por Luís XVIII tinha o defeito de atar as mãos dos reis, forçando-os a entregar os destinos do país aos quadragenários da câmara dos deputados e aos septuagenários do pariato[29], despojando-os do direito de encontrar um homem com talento político em qualquer lugar que ele estivesse, apesar da sua juventude ou apesar da pobreza de sua condição. Só Napoleão pôde empregar os jovens de sua escolha, sem ser detido por nenhuma consideração. Assim, depois da queda dessa grande vontade, a energia abandonou o poder. Ora, fazer que a frouxidão suceda ao vigor é um contraste mais perigoso na França que em qualquer outro país.

199.

O gênio é uma doença horrível. Todo escritor carrega em seu coração um monstro que, semelhante à tênia do estômago, devora os sentimentos à medida que eles desabrocham. Quem triunfará? A doença sobre o homem ou o homem sobre a doença? Certamente, é preciso ser um grande homem para manter o equilíbrio entre o seu gênio

---

29 Condição que dava a um nobre o direito de ter uma cadeira no Parlamento.

e o seu caráter. O talento cresce. O coração resseca. Se não se é um colosso, se não se tem os ombros de Hércules, fica-se sem coração ou sem talento.

200.

É notável que os homens mais extravagantes sejam encontrados entre as pessoas dedicadas ao comércio do dinheiro. Essas pessoas são de alguma forma os libertinos do pensamento. Podendo possuir tudo e, consequentemente, embotadas, elas entregam-se a enormes esforços para saírem da sua indiferença. Quem sabe estudá-los encontra sempre uma mania, um cantinho do coração por onde eles são acessíveis.

201.

Em Paris, a fortuna é de duas espécies: existe a fortuna material, o dinheiro, que todo mundo pode juntar, e a fortuna moral, as relações, a posição, o acesso a um determinado mundo – inalcançável para certas pessoas, qualquer que seja a sua fortuna material.

202.

Certamente, um país não parece imediatamente ameaçado de morte porque um funcionário de talento se aposenta e um homem medíocre o substitui. Infelizmente, para as nações, nenhum homem parece indispensável à sua existência. Porém, quando tudo se apequena, as nações desaparecem.

203.

Diminuir o peso do imposto não é, em matéria de finanças, diminuir o imposto: é reparti-lo melhor; aliviá-lo; é aumentar a massa das transações, deixando-as mais fáceis. O indivíduo paga menos e o Estado recebe mais.

204.

O Estado possuidor de domínios constitui um contrassenso administrativo, porque o Estado não sabe valorizá-los e se priva de contribuições: ele perde duas receitas ao mesmo tempo. Quanto às fábricas do governo, é a mesma insensatez transportada para a esfera da indústria. O Estado consegue produtos mais caros que os do comércio, mais lentamente confeccionados, e deixa de receber seus direitos sobre as atividades da indústria, da qual suprime a alimentação. Será administrar um país fabricar em vez de deixar que fabriquem, ser proprietário em vez de criar o máximo de propriedades diversas?

205.

Os moralistas normalmente desdobram sua verve sobre as abominações transcendentes. Para eles, os crimes estão no tribunal de justiça ou na polícia correcional. As sutilezas sociais, porém, escapam-lhes. A malandragem que triunfa sob as armas do código está abaixo ou acima deles. Eles não têm lupa nem luneta: eles precisam de bons e grandes horrores bem visíveis.

206.

As belas almas dificilmente conseguem acreditar no mal, na ingratidão: elas necessitam de rudes lições antes de reconhecerem a extensão da corrupção humana. Depois, quando sua educação nesse gênero está completa, elas elevam-se a uma indulgência que é o último grau do desprezo.

207.

Concedida com muita facilidade, a admiração é um sinal de fraqueza. Não se deve pagar com a mesma moeda um equilibrista e um poeta.

208.

A sociedade é de uma severidade sem limites para com as naturezas fortes e completas. Para cada coisa, sua lei: o diamante eterno não deve ter jaças.

209.

Cabe ao espírito dos advogados penetrar tão bem na alma dos seus clientes quanto na dos seus adversários. Eles devem conhecer tanto o avesso quanto o direito da trama judiciária.

210.

A moral começa com a lei. Se só se tratasse de religião, as leis seriam inúteis. Os povos religiosos têm poucas leis[30].

---

30 Na verdade, costumam ter apenas uma: "Obedeça ou assuma as consequências".

Acima da lei civil está a lei política. Eis aquilo que um político lê no rosto do século XIX: "Os franceses inventam, em 1793, uma soberania popular que terminou com um imperador absoluto". Eis o que concerne à história nacional. No que concerne à história dos costumes, Madame de Tallien[31] e Madame de Beauharnais[32] tiveram a mesma conduta. Napoleão casou-se com uma, fez dela uma imperatriz e jamais quis receber a outra, embora ela fosse princesa. *Sans-culotte*[33] em 1793, Napoleão *veste a coroa* de ferro em 1804. Os ferozes amantes da "igualdade ou morte", de 1792, tornam-se, a partir de 1806, cúmplices de uma aristocracia legitimada por Luís XVIII. No estrangeiro, a aristocracia que hoje reina no Faubourg Saint-Germain[34] fez pior: ela foi usurária, ela foi negociante, ela fabricou patê, ela foi cozinheira, chacareira, cuidou de carneiros. Portanto, na França, tanto a lei

---

31 Oriunda de uma família da aristocracia espanhola, ela casou-se em segundas núpcias com Jean-Lambert Tallien, um importante membro da Convenção.

32 Trata-se da imperatriz Josefina, que havia sido casada anteriormente com o visconde de Beauharnais (guilhotinado em 1794) e que, em 1796, se casou com Napoleão.

33 No Antigo Regime, nome pejorativo dado à classe mais pobre do povo francês, que não tinha condições de usar culote (um tipo de calça utilizado principalmente para montaria). A partir de 1789, o termo foi adotado pela facção revolucionária mais patriótica e mais contrária à aristocracia.

34 Tradicional bairro de Paris, onde se concentravam as residências das famílias aristocráticas.

política quanto a lei moral, todos e cada um desmentiram o início pela linha de chegada, as opiniões pela conduta ou a conduta pelas opiniões. Não existiu lógica nem no governo e nem entre os cidadãos. Assim, vocês não têm mais moral. Atualmente, entre vocês, o sucesso é a razão suprema de todas as ações, quaisquer que elas sejam.

211.

Os grandes cometem quase tantas vilanias quanto os miseráveis, mas eles as cometem na sombra e fazem propaganda das suas virtudes: eles permanecem grandes. Os pequenos exibem suas virtudes na sombra e expõem suas misérias em plena luz: eles são desprezados.

212.

Em Paris, nenhum sentimento resiste ao jorro das coisas, e sua corrente obriga a uma luta que afrouxa as paixões: ali, o amor é um desejo, e o ódio, uma veleidade. Ali, não existe outro parente verdadeiro além da nota de mil francos, outro amigo que não seja a casa de penhores. Esse desleixo geral dá os seus frutos, e tanto no salão quanto na rua ninguém ali é supérfluo, ninguém é absolutamente útil nem absolutamente nocivo: os tolos e os malandros, assim como as pessoas de espírito ou de probidade. Tudo ali é tolerado, o governo e a guilhotina, a religião e a cólera[35]. Você é sempre conveniente nesse mundo, você nunca comete erros.

---

35 Balzac fala da doença, a cólera-morbo.

213.

A legalidade constitucional e administrativa não gera nada: é um monstro infecundo para os povos, para os reis e para os interesses privados. Mas os povos só sabem soletrar os princípios escritos com sangue. Ora, as desgraças da legalidade serão sempre pacíficas; ela avilta uma nação: eis tudo.

214.

O que seria do bastão dos marechais sem a força intrínseca do capitão que o segura? O Faubourg Saint-Germain[36] brincou com os bastões, acreditando que eles eram todo o poder. Ele tinha invertido os termos da proposição que comanda a sua existência. Em vez de deitar fora as insígnias que chocavam o povo e de guardar secretamente a força, ele deixou que a força fosse agarrada pela burguesia, aferrou-se fatalmente às insígnias e constantemente esqueceu as leis que lhe eram impostas pela sua fraqueza numérica.

215.

A emigração de 1789[37] ainda revelava alguns sentimentos. Em 1830[38], a emigração para o interior não revela mais do que interesses.

---

36 Cf. nota 34.

37 Trata-se da fuga em massa para o exterior dos partidários do Antigo Regime, após a Revolução Francesa.

38 Balzac refere-se às agitações políticas e sociais que marcaram a passagem do poder de Carlos X para Luís Filipe de Orleans.

216.

Os ricos encontram em Paris o espírito já pronto, conhecimentos totalmente mastigados e opiniões já formuladas que os dispensam de ter espírito, conhecimentos ou opinião. Nesse mundo, a insensatez é igual à fraqueza e à libertinagem. Ali, de tanto perdê-lo, se é avaro com o tempo. Não procurem ali afeições nem ideias, os abraços encobrem uma profunda indiferença; e a polidez, um desprezo contínuo. Ali nunca se gosta dos outros.

217.

A constituição atual das sociedades – infinitamente mais complicada, em suas engrenagens, que a das sociedades antigas – teve como efeito subdividir as faculdades no homem. Antigamente, as pessoas eminentes, forçadas a serem universais, surgiam em pequeno número e como archotes no meio das sociedades antigas. Mais tarde, se as faculdades se especializaram, a qualidade dirigia-se ainda ao conjunto das coisas. Assim, um homem *rico em cautela* – como diziam de Luís XI – podia aplicar a astúcia a tudo. Hoje em dia, porém, mesmo a qualidade se subdividiu. Por exemplo, para cada profissão existe uma astúcia diferente.

218.

Na França, só se pode triunfar quando todo mundo é coroado junto com a cabeça do triunfador.

219.

Os moralistas nunca conseguirão fazer que se compreenda a influência que os sentimentos exercem sobre os interesses. Essa influência é tão poderosa quanto a dos interesses sobre os sentimentos. Todas as leis da natureza têm um duplo efeito: um sentido inverso do outro.

220.

Passamos uma boa parte de nossas vidas suprimindo aquilo que deixamos entrar em nosso coração durante a nossa adolescência. Essa operação chama-se "adquirir experiência".

221.

Alguns seres são como os zeros. Eles precisam de um algarismo que os preceda e sua nulidade adquire, então, um valor decuplicado.

222.

A resignação é um suicídio cotidiano.

223.

Tem-se, relativamente à gravidade do assunto, escrito muito pouco sobre o suicídio. Ele não tem sido observado. Talvez essa doença seja inobservável. O suicídio é o efeito de um sentimento que chamaremos – se vocês quiserem – de *estima por si mesmo*, para não confundi-lo com a palavra *honra*. No dia em que o homem se despreza, no dia em que ele se vê desprezado, no momento em que a realidade da vida está em desacordo com as suas esperanças, ele se mata – e presta, assim, homenagem à sociedade, diante da qual ele não quer ficar despido das suas virtudes e do seu esplendor. O suicídio é de três naturezas: existe, primeiramente, o suicídio que nada mais é que o derradeiro acesso de uma longa doença (e que, certamente, pertence à patologia), depois o suicídio por desespero e, por fim, o suicídio por raciocínio.

224.

Vocês se incumbiriam de governar um povo de raciocinadores? Napoleão não o ousava. Ele perseguia os ideólogos. Para impedir os povos de raciocinar, é necessário impor-lhes sentimentos.

225.

Por mais que ela faça ou diga, a Inglaterra é materialista, talvez até contra a sua vontade. Ela tem pretensões religiosas e morais de onde a espiritualidade divina, de onde a alma católica, está ausente e das quais a graça fecundante não será substituída por nenhuma hipocrisia, por mais bem representada que ela seja. Ela possui no mais alto grau essa ciência da existência que bonifica as menores parcelas da materialidade, que faz que os vossos chinelos sejam os mais requintados chinelos desse mundo, que dá à vossa roupa de baixo um aroma indizível, que reveste as cômodas de cedro e perfume, que oferece na hora certa um chá suave sabiamente servido, que bane a poeira, prega tapetes desde o primeiro degrau até os mais extremos recantos da casa, varre as paredes das adegas, lustra a campainha da porta, suaviza o molejo da carruagem, que faz da matéria uma polpa nutritiva e felpuda, brilhante e limpa, no seio da qual a alma expira sob o gozo, que produz a hedionda monotonia do bem-estar, oferece uma vida sem oposição, desprovida de espontaneidade e que, para dizer tudo, vos maquiniza.

226.
Em Gênova, não se encontra mais beleza hoje em dia a não ser sob o *mezzaro*[39], tal como em Veneza ela só é encontrada debaixo dos *fazzioli*[40]. Esse fenômeno pode ser observado em todas as nações arruinadas. Nelas, o tipo nobre só é encontrado no povo, assim como, depois do incêndio das cidades, as medalhas ficam escondidas nas cinzas.

227.
Existem alguns seres bons e pacientes que passam pela vida com um pensamento amargo no coração e um sorriso, ao mesmo tempo triste e doloroso, nos seus lábios, carregando com eles a chave do enigma sem deixar que seja adivinhado, por orgulho, por desdém ou talvez por vingança, e tendo apenas Deus como confidente e como consolador.

228.
O deísta é um ateu com todas as reservas.

229.
Habituados às amabilidades inspiradas por uma bela juventude, felizes com essa proteção egoísta que o mundo

---
39 Um tipo de véu, confeccionado com seda preta.
40 Um certo tipo de véu branco.

concede a um ser que lhe agrada – assim como ele dá esmola ao mendigo que desperta um sentimento e lhe dá uma emoção –, muitos jovens desfrutam deste favor em vez de tirar proveito dele. Enganados sobre o sentido e o móvel das relações sociais, eles acreditam que sempre vão encontrar sorrisos enganadores. Eles chegam nus, porém calvos, despojados, sem valor e nem fortuna, no momento que, como velhas coquetes e velhos esfarrapados, o mundo os deixa na porta de um salão e em um canto de muro.

230.

O homem é composto de matéria e de espírito. A animalidade vem culminar nele, e o anjo começa nele. Daí essa luta que todos nós vivenciamos entre um destino futuro que pressentimos e as lembranças de nossos instintos anteriores dos quais não estamos inteiramente desvinculados. Um amor carnal e um amor divino. Um homem os resolve por conta própria, outro homem se abstém. Esse *escava o sexo* inteiro para buscar nele a satisfação de seus apetites anteriores, aquele o idealiza em uma única mulher na qual se resume o universo. Uns flutuam indecisos entre as volúpias da matéria e as do espírito, outros espiritualizam a carne pedindo a ela aquilo que ela não poderia dar. Se, pensando nesses traços generosos do amor, vós levais em conta as repulsas e as afinidades que resultam da diversidade das organizações (e que rompem os pactos firmados entre aqueles que não são aprovados); se vós juntais a isso os erros produzidos pelas esperanças das pessoas que vivem mais especialmente no espírito, pelo coração ou pela ação, que pensam, que sentem ou que agem, e cujas vocações são iludidas, não reconhecidas em uma associação onde se encontram dois seres igualmente duplos, vós tereis uma grande indulgência para com os infelizes (com os quais a sociedade se mostra impiedosa).

231.
Um defeito da juventude é acreditar que todo mundo é forte como ela é forte. Defeito que, aliás, está ligado às suas qualidades: em vez de ver os homens e as coisas através de lunetas, ela os colore com os reflexos da sua chama e lança seu excedente de vida até sobre as pessoas velhas.

232.
Os franceses são muito continuamente distraídos para se odiarem por muito tempo. Em Paris, sobretudo, os fatos estendem muito o espaço e fazem – na política, na literatura e na ciência – a vida demasiado vasta para que os homens não deixem de encontrar nela países para conquistar, nos quais suas pretensões possam reinar à vontade. O ódio exige um certo número de forças sempre armadas e temos de juntar diversas quando queremos odiar por muito tempo. Assim, só os corpos podem ter a memória disso. Depois de quarenta anos, Robespierre e Danton[41] se abraçariam.

---

41 Ambos foram figuras fundamentais durante a Revolução Francesa. Alguns anos mais tarde, Danton acabou por ser vítima das manobras políticas de Robespierre, que desejava eliminar as forças revolucionárias mais radicais.

233.
Existem duas espécies de discrições: discrição ativa e discrição negativa. A discrição negativa é a dos tolos que utilizam o silêncio, a negação, o ar carrancudo, a discrição das portas fechadas, verdadeira impotência. A discrição ativa procede por afirmação.

234.
Para desespero do homem, ele nada pode fazer que não seja imperfeito, tanto para o bem quanto para o mal. Todas as suas obras intelectuais ou físicas estão marcadas com um signo de destruição. Ele nada mais é que um usufrutuário das coisas.

235.
Uma coisa digna de nota é o poder de efusão que possuem os sentimentos. Por mais grosseira que seja uma criatura, a partir do momento em que ela expressa uma afeição forte e verdadeira, ela exala um fluido peculiar que modifica a fisionomia, anima o gesto, colore a voz. Muitas vezes, o ser mais estúpido chega, sob o esforço da paixão, à mais alta eloquência na ideia, quando não na linguagem, e parece se mover em uma esfera luminosa.

236.
Não se encontra nos tribunais três juízes que tenham o mesmo ponto de vista sobre um artigo de lei.

237.
Por que dois meses de prisão para o *dandy* que, em uma noite, tira de uma criança a metade de sua fortuna, e por

que o presídio para o pobre diabo que rouba uma nota de mil francos com circunstâncias agravantes? Eis aí as nossas leis. Não existe um artigo que não chegue ao absurdo. O homem de luvas e de palavras amarelas cometeu assassinatos nos quais não se derramou sangue, mas nos quais o sangue foi dado. O assassino abriu uma porta com uma gazua; duas coisas noturnas!

238.
O delicioso pacto que deve ligar o benfeitor ao beneficiado consagra por seu primeiro artigo, entre os grandes corações, uma perfeita igualdade.

239.
Existem em nossa sociedade três homens – o padre, o médico e o homem de justiça – que não podem estimar o mundo! Eles usam roupas pretas, talvez porque estejam de luto por todas as virtudes e por todas as ilusões. O mais infeliz dos três é o advogado. Quando o homem vai procurar o padre, ele chega impelido pelo arrependimento, pelo remorso, por algumas crenças que o tornam interessante, que o engrandecem e consolam a alma do mediador, cuja tarefa não é realizada sem uma espécie de gozo: ele purifica, ele repara e reconcilia. Os escritórios de advocacia, porém, são supurações que não podem ser curadas.

240.
O efeito de qualquer lei que toca na fortuna privada é desenvolver prodigiosamente as velhacarias do espírito.

241.
Muitas vezes, a lei social, implacável em sua fórmula, condena onde o crime aparente é desculpado pelas inumeráveis modificações que introduzem no seio das famílias a diferença dos caracteres, a diversidade dos interesses e das situações.

242.
Os magistrados, os advogados, os procuradores – tudo aquilo que pasteja no terreno judiciário – distinguem dois elementos em uma causa: o direito e a equidade. A equidade resulta dos fatos, o direito é a aplicação dos princípios aos fatos. Um homem pode ter razão na equidade e estar errado na justiça, sem que o juiz seja acusável. Entre a consciência e o fato existe um abismo de razões determinantes que são desconhecidas do juiz e que condenam ou legitimam um fato. Um juiz não é Deus. Seu dever é adaptar os fatos aos princípios, julgar espécies infinitamente variadas servindo-se de uma medida determinada. Se o juiz tivesse o poder de ler na consciência e de identificar os motivos a fim de pronunciar sentenças equitativas, cada juiz seria um grande homem. A França tem necessidade de cerca de seis mil juízes. Nenhuma geração tem seis mil grandes homens a seu serviço e, com mais forte razão, ela não pode encontrá-los para a sua magistratura.

243.
O medo é um sentimento meio insalubre que oprime tão violentamente a máquina humana que as suas faculdades são subitamente levadas ao mais alto grau da sua potência

ou ao mais extremo grau da desorganização. A fisiologia ficou durante muito tempo surpreendida com esse fenômeno que destrói os seus sistemas e confunde as suas conjecturas, embora ele seja muito simplesmente uma fulminação operada no interior – mas, como os acidentes elétricos, bizarro e caprichoso nos seus modos. Esta explicação se tornará vulgar no dia em que os sábios tiverem reconhecido o imenso papel que a eletricidade desempenha no pensamento humano.

244.
Uma vez que, em uma desgraça, um homem possa elaborar para si próprio um romance de esperança através de uma sequência de raciocínios mais ou menos justos, com os quais ele tapa seus ouvidos para neles repousar sua cabeça, ele muitas vezes é salvo. Muita gente tem confundido a confiança dada pela ilusão com a energia, e talvez a esperança seja a metade da coragem. Assim, a religião católica fez dela uma virtude. A esperança não tem sustentado muitos fracos, dando a eles tempo para esperarem pelos acasos da vida?

245.
A dor enobrece as pessoas mais vulgares: porque ela tem sua grandeza. Para receber o seu brilho, basta ser verdadeiro.

246.
Para crer no sangue puro, em uma raça privilegiada, para se colocar através do pensamento acima dos outros ho-

mens, não é forçoso – desde o seu nascimento – ter medido o espaço que separa os patrícios do povo? Para comandar, não é forçoso não ter conhecido nenhum igual? Não é forçoso, enfim, que a educação inculque as ideias que a natureza inspira aos grandes homens, nos quais ela pôs uma coroa na fronte antes que sua mãe nela pudesse dar um beijo? Essas ideias e esta educação não são mais possíveis na França, onde nos últimos quarenta anos o acaso se apropriou do direito de fabricar os nobres temperando-os no sangue das batalhas, dourando-os com a glória ou coroando-os com a auréola do gênio. Onde a abolição das substituições[42] e dos majorados[43], fragmentando as heranças, força o nobre a ocupar-se com os seus negócios em vez de ocupar-se com os negócios do Estado, e onde a grandeza pessoal não pode mais ser senão uma grandeza adquirida depois de longos e pacientes trabalhos.

247.

Em todas as naturezas dotadas da faculdade de viver muito no presente, de espremer – por assim dizer – o seu suco e devorá-lo, a segunda vista tem necessidade de uma espécie

---

42 Em termos jurídicos, a substituição consiste basicamente na transferência de um legado para o sucessor do herdeiro original, quando este falta (assim, uma herança deixada para um irmão poderia – no caso de seu falecimento – ser recebida diretamente por um sobrinho).

43 Direito de primogenitura, na antiga Espanha.

de sono para se identificar com as causas. O Cardeal de Richelieu era assim, o que não excluía nele o dom de previdência necessário para a concepção das grandes coisas.

248.

Alguns animais, quando ficam furiosos, abatem o seu inimigo, matam-no e, tranquilos em sua vitória, parecem ter esquecido de tudo. Existem outros que dão voltas em torno da sua vítima, que a vigiam temendo que ela lhes seja levada e que, semelhantes ao Aquiles de Homero, dão nove voltas em torno de Troia arrastando seu inimigo pelos pés[44]: eis a poesia e a matéria.

249.

Em Paris, o período adstringente da desconfiança é tão rápido para chegar quanto o movimento expansivo da confiança é lento para se decidir. Uma vez caído no sistema restritivo dos temores e das precauções comerciais, o credor chega a algumas covardias sinistras que o colocam abaixo do devedor.

250.

O pedido de moratória é, na jurisprudência comercial, a mesma coisa que o reformatório é para o tribunal do júri: um primeiro passo para a falência, assim como o delito leva ao crime. O segredo de vossa impotência e de vossas

---

44 Como Aquiles fez com Heitor, na *Ilíada*.

dificuldades está em outras mãos que não as vossas. Um negociante se põe de mãos e pés atados à disposição de um outro negociante e a caridade não é uma virtude praticada na bolsa.

251.
A falência é como uma operação química, da qual o negociante esperto trata de sair engordado.

252.
Todo homem atingido por um defeito de conformação qualquer – com pernas tortas, capenga, diversas formas de corcunda, excessiva feiura, manchas escarlates espalhadas pela face, verrugas e outras monstruosidades independentes da vontade dos possuidores – só tem duas posições a tomar: tornar-se temível ou tornar-se de uma bondade delicada. Não lhe é permitido flutuar entre os meios-termos habituais da maioria dos homens. No primeiro caso, existe talento, gênio ou força. Um homem só inspira o terror pela potência do mal, só inspira o respeito pelo gênio, só inspira o medo por muito espírito. No segundo caso, ele se faz adorar, ele se presta admiravelmente às tiranias femininas e sabe amar melhor do que amam as pessoas de uma irretocável *corporência*.

253.
Em um grande homem, as qualidades são quase sempre solidárias. Se, dentre esses colossos, algum tem mais ta-

lento que espírito, seu espírito ainda é mais extenso que o daqueles de quem se diz simplesmente: "Ele tem espírito". Todo gênio supõe uma visão moral. Essa visão pode ser aplicada a qualquer especialidade. Mas quem vê a flor deve ver o sol.

254.

Talvez seja da natureza humana impor todos os sofrimentos a quem tudo sofre por verdadeira humildade, por fraqueza ou por indiferença. Nós não gostamos de provar a nossa força à custa de alguém ou de alguma coisa? O ser mais débil, o garoto, toca a campainha de todas as portas quando está nevando e escala para escrever seu nome em um monumento virgem.

255.

As almas delicadas, cuja força se exerce em uma esfera elevada, carecem desse espírito de intriga fértil em recursos, em combinações. Seu gênio é o acaso: elas não procuram, elas encontram.

256.

A miséria tem a seu favor um divino sono, cheio de belos sonhos.

257.

O ódio, sem desejo de vingança, é uma semente caída no granito.

258.

Em Paris, as pessoas mais rancorosas fazem pouquíssimos planos. A vida ali é muito rápida, muito movimentada; existem muitos acidentes imprevistos. Porém, também essas perpétuas oscilações, ao não permitirem a premeditação, servem a um pensamento escondido no fundo do coração, que espreita suas chances *fluviáteis*.

259.

Quando se chega a pensar nas mil formas que adota em Paris a corrupção, falante ou muda, um homem de bom senso se pergunta por que aberração o Estado põe ali as escolas, reúne os jovens, como as mulheres bonitas são respeitadas, como o ouro exposto pelos cambistas não se evola magicamente das suas bandejas. Porém, quando se chega a pensar que existem poucos exemplos de crimes e até mesmo de delitos cometidos pelos jovens, que respeito não se deve ter por esses pacientes Tântalos[45], que combatem a si mesmos e são quase sempre vitoriosos!

---

45 De acordo com a versão de Ovídio, Tântalo era rei da Lídia e, ao receber a visita dos deuses, quis provar sua divindade servindo-lhes como refeição os membros de seu próprio filho, Pélops. Como castigo, Júpiter atirou-o ao Tártaro, condenando-o a padecer de uma sede abrasadora diante de um curso de água límpida, sem poder bebê-la, e de uma fome insaciável sob árvores carregadas de frutos, sem poder tocá-los.

260.

A indiferença quanto às vestimentas não é a marca distintiva da alta ciência, da arte loucamente cultivada, do pensamento perpetuamente ativo?

261.

Nós não pertencemos ao pequeno número de criaturas privilegiadas pela dor e pelo prazer, das quais as qualidades sensíveis vibram todas, em uníssono, produzindo grandes repercussões interiores e cuja natureza nervosa está em constante harmonia com o princípio das coisas? Ponham-nas em um meio onde tudo é dissonância, e essas pessoas sofrerão horrivelmente, assim como também o seu prazer chegará até a exaltação quando elas encontrarem as ideias, as sensações ou os seres que lhes são simpáticos. Porém, existe para nós um terceiro estado cujas desgraças só são conhecidas pelas almas afetadas pela mesma doença e entre as quais se encontram fraternais compreensões. Pode vos ocorrer de não ser impressionado nem para o bem e nem para o mal. Um órgão expressivo dotado de movimento atua, então, em nós, no vazio, apaixona-se sem objeto, reproduz sons sem produzir melodia, lança entonações que se perdem no silêncio! Terrível espécie de contradição de uma alma que se revolta contra a inutilidade do nada. Jogos extenuantes nos quais nossa potência escapa por inteiro sem alimento, como o sangue sai de uma ferida desconhecida. A sensibilidade corre em torrentes.

Disso resultam horríveis enfraquecimentos, indizíveis melancolias, para as quais o confessionário não tem ouvidos.

262.

Existe na admiração que se inspira, ou na ação de um papel desempenhado, não sei que exaltação moral que não permite que a crítica chegue até o ídolo. Uma atmosfera – criada talvez por uma constante dilatação nervosa – produz como que um nimbo através do qual se vê o mundo abaixo de si. Como explicar de outra forma a perpétua boa-fé que preside a tantas representações novas dos mesmos efeitos e o contínuo menosprezo aos conselhos demonstrado pelas crianças – tão terríveis para seus pais – ou pelos maridos – tão familiarizados com as inocentes astúcias de suas mulheres?

263.

Os celibatários substituem os sentimentos por hábitos. Quando a esse sistema moral – que os faz menos viver do que atravessar a vida – junta-se um caráter fraco, as coisas exteriores adquirem sobre eles um domínio impressionante.

264.

Falam-nos da imoralidade das *Ligações perigosas*[46] e de não sei qual outro livro que tem um nome de camareira. Porém, existe um livro horrível, sujo, espantoso, corruptor, sempre aberto e que não se fechará jamais: o grande livro

---

46 Célebre romance epistolar do escritor francês Pierre Choderlos de Laclos, publicado em 1782.

do mundo, sem contar um outro livro mil vezes mais perigoso, que se compõe de tudo aquilo que se diz ao pé do ouvido, entre homens, ou por trás do leque, entre mulheres, à noite, no baile.

265.
Quase sempre acontece que um homem ignore os boatos que correm sobre ele: uma cidade inteira ocupa-se dele, o calunia ou o difama. Se ele não tem amigos, não saberá de nada.

266.
O remorso é mais que um pensamento, ele provém de um sentimento que não se esconde mais do que o amor e que tem sua tirania.

267.
Para todo mundo, esperar uma infelicidade indefinida constitui um horrível suplício. O sofrimento adquire então as proporções do desconhecido, que certamente é o infinito da alma.

268.
Mergulhando no fundo das volúpias, trazemos mais cascalho do que pérolas.

269.
Certamente, se as úmidas sacristias onde as preces são pesadas e pagas como mercadorias, se os brechós onde flu-

tuam andrajos que fazem murchar todas as ilusões da vida, mostrando-nos onde terminam nossas festas, se essas duas cloacas da poesia não existissem, um escritório de advocacia seria de todas as lojas sociais a mais horrível. Porém, ocorre o mesmo com o cassino, o tribunal, a casa lotérica e o lupanar. Por quê? Talvez nesses lugares o drama, sendo representado na alma do homem, torne os acessórios indiferentes para ele – o que explicaria também a simplicidade do grande pensador e dos grandes ambiciosos.

270.
O acaso é o maior dos artistas.

271.
Existem alguns mercadores que gostam dos seus fregueses que os pagam mal, quando têm com eles relações constantes, enquanto odeiam os fregueses excelentes que se mantêm em uma linha muito elevada para permitir-lhes algumas familiaridades – palavra vulgar, mas expressiva. Os homens são assim. Em quase todas as classes, eles concedem ao compadrio ou a algumas almas vis que os adulam as facilidades, os favores recusados à superioridade que os fere, qualquer que seja a maneira pela qual ela se revele. O lojista que grita contra a corte tem seus cortesãos.

272.
A falência é o fechamento mais ou menos hermético de uma casa onde a pilhagem deixou alguns sacos de dinhei-

ro. Feliz do negociante que se introduz pela janela, pelo teto, pelos porões, por um buraco, que apanha um saco e exagera a sua parte! Nessa desordem, onde se grita o "salve-se quem puder" de Beresina⁴⁷, tudo é ilegal e legal, falso e verdadeiro, honesto e desonesto. Um homem é admirado se ele *se cobre*. Cobrir-se é apoderar-se de alguns valores em detrimento dos outros credores.

273.
Quando todo mundo é corcunda, o porte ereto torna-se a monstruosidade.

274.
Quando o efeito produzido não está mais em relação direta e nem em proporção igual com a sua causa, a desorganização começa.

275.
Todos os verdadeiros grandes homens gostam de se deixar tiranizar por um ser fraco.

276.
As pessoas honestas geralmente carecem de tato. Elas não têm nenhuma medida no bem, porque para elas tudo é sem desvios e sem dissimulação.

---

47 Balzac refere-se à retirada do exército de Napoleão da Rússia, em 1812, atravessando o rio Beresina.

277.

Por que essa falta de perspicácia em seus assuntos pessoais em alguns homens habituados a serem perspicazes em tudo? Talvez o espírito não possa ser completo em todos os pontos; talvez os artistas vivam demais no momento presente para estudarem o futuro; talvez eles observem demais os ridículos, para verem uma armadilha, e acreditem que não se ouse enganá-los.

278.

Os observadores têm podido notar, em todas as pessoas destinadas ao suicídio ou que pensam nele, este ar friamente sinistro que eles têm contra a sua vontade. As ideias fúnebres que eles acalentam imprimem no seu rosto cores cinzentas e nebulosas. Seu sorriso tem um não sei quê de fatal, seus movimentos são solenes; esses infelizes parecem querer chupar até o caroço os frutos dourados da vida. Seus olhares visam ao coração toda hora, eles escutam seu dobre de finados no ar, eles são desatentos.

279.

Quer você viaje, quer você permaneça diante da sua lareira e com a sua mulher, chega sempre uma idade na qual a vida não é mais do que um hábito exercido em um determinado meio preferido. A felicidade consiste, então, no exercício de nossas faculdades aplicadas às realidades. Fora desses dois preceitos, tudo é falso. Meus princípios têm variado como os dos homens: eu tive de modificá-los a cada latitude. Aquilo que a Europa admira, a Ásia pune. Aquilo que é um vício em Paris é uma necessidade quando se passou dos Açores. Nada é fixo cá embaixo, só existem convenções que se modificam de acordo com os climas. Para quem se lançou forçosamente em todos os moldes sociais, as convicções e as morais nada mais são que palavras sem valor. Resta em nós o único sentimento verdadeiro que a natureza nos deu: o instinto de nossa conservação. Em nossas sociedades europeias, esse instinto se chama interesse pessoal.

Quanto aos costumes, o homem é o mesmo em toda parte; em toda parte, o combate entre o rico e o pobre está estabelecido; em toda parte, ele é inevitável; portanto, mais vale ser o explorador do que ser o explorado. Em toda parte, encontram-se pessoas musculosas que trabalham e pessoas linfáticas que se atormentam. Em toda parte, os prazeres são os mesmos, porque em toda parte os sentidos se esgotam, e só lhes sobrevive um único sentimento: a vaidade. A vaidade é sempre o eu! A vaidade só se satisfaz com torrentes de ouro. Nossas fantasias requerem tempo, meios físicos ou cuidados. Pois bem! O ouro contém tudo em embrião e proporciona tudo na realidade. Só alguns loucos ou doentes podem encontrar felicidade em embaralhar as cartas todos os dias para saber se ganharão alguns tostões. Só alguns tolos podem empregar seu tempo perguntando a si mesmos aquilo que se passa, se madame fulana está deitada em seu canapé sozinha ou acompanhada, se ela tem mais sangue do que linfa, mais temperamento que virtude. Só alguns pascácios podem se acreditar úteis aos seus semelhantes ocupando-se em delinear princípios políticos para governar acontecimentos sempre imprevistos. Só alguns simplórios podem gostar de falar dos atores e de repetir as suas falas, de fazer todos os dias, mas em um espaço maior, o passeio que faz um animal em sua jaula, de se vestir para os outros, de comer para os outros, de se glorificar por um cavalo ou por uma carruagem que o vizinho só poderá ter três dias depois deles. Não será a vida dos parisienses traduzida em algumas frases? Vemos a existência um pouco mais do alto do que eles a veem. A felicidade consiste ou em emoções fortes que gastam a vida ou em ocupações regradas que fazem dela uma máquina inglesa funcionando em períodos regulares. Acima dessas felicidades, existe uma curiosidade, pretensamente nobre, de conhecer os segredos da natureza ou de obter uma certa imitação dos seus efeitos. Não será, em duas palavras, a arte ou a ciência, a paixão ou a calma?

280.

A morte tem algo de coquete para os jovens. Para eles, ela avança e se retira, se mostra e se esconde. Sua lentidão faz que eles percam o encanto por ela, e a incerteza que lhes causa o seu futuro termina por atirá-los no mundo onde eles encontram a dor – que, mais impiedosa do que a morte, os atingirá sem se deixar esperar.

281.

Não seria um erro acreditar que os sentimentos se reproduzem? Uma vez desabrochados, eles não existem sempre no fundo do coração? Ali, eles são apaziguados ou despertados ao sabor dos acidentes da vida. Mas eles ficam ali, e sua permanência modifica necessariamente a alma. Assim, todo sentimento não teria senão um grande dia, o dia mais ou menos longo de sua primeira rajada. Assim, a dor – o mais constante dos nossos sentimentos – só seria viva na sua primeira irrupção, e seus outros ataques iriam se enfraquecendo, seja por nos acostumarmos com as suas crises, seja por uma lei da nossa natureza que, para se manter viva, opõe a essa força destrutiva uma força igual, mas inerte, extraída dos cálculos do egoísmo. Dentre todos os sofrimentos, porém, a qual pertencerá esse nome de dor? A perda dos pais é um desgosto para o qual a natureza preparou os homens; o mal físico é passageiro, não abarca a alma, e, se ele persiste, não é mais um mal, é a morte. Se uma jovem perder um recém-nascido, o amor conjugal logo lhe dará um sucessor. Essa aflição também é passageira. Enfim, essas dores e muitas outras semelhantes são, de algum modo, golpes, feridas, mas nenhuma afeta a vitalidade na sua essência, e é necessário que elas se sucedam estranhamente para matar o sentimento que nos leva a buscar a felicidade. A grande, a verdadeira dor seria, portanto, um mal bastante mortífero para extinguir ao mesmo tempo o passado, o presente e o futuro. Não deixar nenhuma parte da vida em sua integridade, desnaturar para sempre o pensamento, inscrever-se inalteravelmente nos lábios e na fronte, quebrar ou distender as molas do prazer, pondo na alma um princípio de desgosto por todas as coisas deste mundo. E ainda, para ser imenso, para pesar assim sobre a alma e sobre o corpo, esse mal deveria chegar em um momento da vida em que todas as forças da alma e do corpo são jovens e fulminar um coração bem vivo. O mal produz então uma larga ferida; grande é o sofrimento; e nenhum ser pode sair dessa doença sem alguma poética mudança: ou ele toma o caminho do céu ou – se permanecer aqui embaixo – entra no mundo para mentir para o mundo, para nele representar um papel. Ele conhece a partir daí os bastidores, para onde se retira para calcular, chorar e gracejar. Depois dessa crise solene, não existem mais mistérios na vida social, que desde então está irrevogavelmente julgada.

282.
"Meu Deus, tu me abandonaste!" – terríveis palavras que ninguém ousou sondar.

283.
Nas almas exclusivamente ternas – e a ternura comporta um pouco de fraqueza –, o ciúme e a inquietude são proporcionais à felicidade e à sua extensão. As almas fortes não são nem ciumentas e nem temerosas: o ciúme é uma dúvida, o temor uma baixeza. A crença sem limites é o principal atributo do grande homem: se ele é enganado, tanto a força quanto a fraqueza podem tornar o homem

igualmente ingênuo, e seu desprezo serve-lhe então de machado – ele corta tudo.

284.
Como explicar a perpetuidade da inveja? Um vício que não produz nada!

285.
Faz parte da natureza de nosso espírito considerar os efeitos antes de analisar as causas.

286.
A lei moderna, multiplicando a família pela família, criou o mais horrível de todos os males: o individualismo.

287.
A tirania produz dois efeitos contrários, cujos símbolos existem em duas grandes figuras da escravidão antiga: Epiteto e Spartacus, o ódio e seus maus sentimentos, a resignação e suas ternuras pacientes e calmas[48].

---

48 Vendido como escravo, após desertar do exército romano, o trácio Spartacus foi colocado em uma escola de treinamento para gladiadores, de onde fugiu para organizar e chefiar uma revolta (entre 73 e 71 a. C.), que colocou em sério risco o governo romano. Epiteto (55-135), filósofo estoico de origem frígia, passou sua infância e juventude como escravo. Contam que um dia seu senhor, Epafrodites, torturou-o até quebrar-lhe uma das pernas, sem que Epiteto esboçasse qualquer reação, limitando-se a adverti-lo do que iria acontecer.

288.

Encontramos dois homens que são charlatões em seu exterior e de boa-fé. Esses homens mentem para si próprios. Montados em suas pernas de pau, eles acreditam estar sobre seus pés e fazem seus malabarismos com uma espécie de inocência; sua vaidade está no seu sangue; eles nasceram comediantes, fanfarrões, extravagantes na forma como um vaso chinês. Talvez eles riam de si mesmos. Sua personalidade é, aliás, generosa e, como o brilho das vestes reais de Murat[49], ela atrai o perigo.

289.

Assim caminha o mundo literário: lá só se gosta dos seus inferiores. Todo mundo é inimigo de qualquer um que tenda a se elevar. Essa inveja generalizada decuplica as chances das pessoas medíocres, que não despertam inveja e nem suspeita, fazem o seu caminho à maneira das toupeiras e, por mais tolas que sejam, acham-se aboletadas no *Monitor*[50], ocupando três ou quatro cargos, no momento em que as pessoas de talento ainda estão na porta, lutando para impedir a entrada umas das outras.

---

49 Balzac refere-se a Joachim Murat (1767-1815), militar francês que era cunhado de Napoleão Bonaparte e que governou o reino de Nápoles entre 1808 e 1815, com o nome de Gioacchino Murat.

50 Trata-se do *Monitor Universal*, que foi o jornal oficial do governo francês até 1869.

290.
O bom gosto tanto está no conhecimento das coisas que se deve calar quanto no das coisas que se pode dizer.

291.
As pessoas mundanas conversam demais hoje em dia sobre cavalos, rendas, impostos e deputados para que a conversação francesa continue sendo aquilo que ela foi. O espírito quer ócio e algumas desigualdades de posição. Talvez se converse melhor em São Petersburgo ou em Viena do que em Paris. Dois iguais não têm mais necessidade de finezas; eles então dizem um ao outro, tolamente, as coisas como elas são.

292.
O espírito é considerado uma qualidade rara entre os atores. É tão natural supor que as pessoas que despendem sua vida em pôr tudo para fora não tenham nada por dentro! Porém, se pensarmos no pequeno número de atores e de atrizes que vivem em cada século, e na quantidade de autores dramáticos e de mulheres sedutoras que essa população forneceu, é permitido refutar essa opinião, que se fundamenta em uma eterna crítica feita aos artistas, todos acusados de perderem seus sentimentos pessoais na expressão plástica das paixões, enquanto eles não empregam para isso senão as forças do espírito, da memória e da imaginação. Os grandes artistas são se-

res que, segundo uma expressão de Napoleão, interceptam à vontade a comunicação que a natureza elaborou entre os sentidos e o pensamento.

293.

Esta curiosidade[51], semelhante àquela que precipitaria Paris para o *Jardin des Plantes*[52] para ver um unicórnio, se um deles fosse encontrado em uma dessas célebres montanhas da Lua, ainda virgens dos passos de um europeu, arrebata os espíritos secundários tanto quanto entristece as almas verdadeiramente elevadas.

294.

Existem em nós diversas memórias: o corpo e o espírito têm cada um a sua, e a nostalgia, por exemplo, é uma moléstia da memória física.

---

51 Balzac refere-se aqui à curiosidade que leva as pessoas medíocres a se interessarem por qualquer tipo de novidade, como – para citar um exemplo atual – a vida pessoal das celebridades ou os crimes escabrosos. A dificuldade de compreensão deste aforismo se deve ao fato de que se trata de um fragmento e não de um parágrafo completo (do romance *Une fille d'Eve*). Para tentar melhorar a compreensão, os organizadores desta antologia iniciaram este aforismo com "Esta curiosidade de ser visto...", acréscimo que nós suprimimos por não constar da obra original de Balzac.

52 Jardim Botânico de Paris, onde também funciona um zoológico.

295.
Coisa estranha! Quase todos os homens de ação são inclinados à fatalidade, do mesmo modo que a maior parte dos pensadores são inclinados à Providência.

296.
O mundo tem o direito de ser exigente; ele tantas vezes é enganado! Fazer boa figura em Paris sem ter uma grande fortuna, ou sem uma habilidade reconhecida, é uma posição que nenhum artifício pode tornar sustentável por um longo tempo.

297.
A natureza equipa todas as suas espécies com as qualidades necessárias para os serviços que delas espera. A sociedade é uma outra natureza.

298.
Uma vez marcados, uma vez registrados, os espiões e os condenados adquirem, como os diáconos, um caráter indelével. Existem alguns seres nos quais o estado social imprime destinações fatais.

299.
A justiça é um ser de razão representado por uma coleção de indivíduos incessantemente renovados, cujas boas intenções e lembranças são, como eles, excessivamente ambulatórias. O ministério público e os tribunais nada podem prevenir

com relação aos crimes; eles foram inventados para aceitá-los prontos. Nesse aspecto, uma polícia preventiva seria um benefício para o país. Porém, a palavra *polícia* hoje assusta o legislador, que não sabe mais distinguir entre as palavras *governar, administrar* e *fazer as leis*. O legislador tende a absorver tudo no Estado, como se ele pudesse agir!

300.

Que um especulador estoure os miolos, que um agente de câmbio fuja, que um notário carregue as fortunas de cem famílias (o que é pior que matar um homem), que um banqueiro feche as portas; todas essas catástrofes, esquecidas em Paris em poucos meses, são logo encobertas pela agitação quase marinha desta grande cidade. As fortunas colossais dos Jacques Coeur[53], dos Medici, dos Ango de Dieppe, dos Auffredi de La Rochelle, dos Fugger[54], dos Tiepolo e dos Corner foram outrora lealmente conquistadas pelos privilégios devidos à ignorância que se tinha acerca das proveniências de todas as mercadorias preciosas. Hoje em dia, porém, os conhecimentos geográficos penetraram tão bem nas massas, a concorrência limitou tão bem os lucros, que

---

53 Rico comerciante que foi tesoureiro e conselheiro do rei da França Carlos VII (1395?-1456).

54 Importante família de mercadores e banqueiros alemães que exerceu uma enorme influência sobre a economia europeia dos séculos XV e XVI, contribuindo para a consolidação do capitalismo.

qualquer fortuna feita rapidamente é o efeito de um acaso e de uma descoberta, ou o resultado de um roubo legal.

301.

Não existe nada mais terrível do que a etiqueta para aqueles que a admitem como a lei mais formidável da sociedade. Uma grande catástrofe, a queda de um temível favorito, muitas vezes é consumada na soleira da porta de um gabinete pelas palavras de um contínuo com rosto de gesso.

302.

Para ser grande na miséria, basta jamais se aviltar. O homem que combate e sofre marchando para um nobre objetivo apresenta certamente um belo espetáculo. Em Paris, porém, quem se sente com força de lutar? Escalam-se os rochedos, não se pode sempre patinhar na lama. Em Paris, tudo desencoraja o impulso em linha reta de um espírito que tende ao futuro.

303.

A política atual opõe as forças humanas umas às outras para poder centralizá-las, em vez de combiná-las para fazer que elas atuem com uma finalidade qualquer. Limitando-nos à Europa, desde César até Constantino, do pequeno Constantino ao grande Átila, dos hunos a Carlos Magno, de Carlos Magno a Leão X, de Leão X a Filipe II, de Filipe II a Luís XIV, de Veneza à Inglaterra, da

Inglaterra a Napoleão, de Napoleão à Inglaterra, não vejo nenhuma fixidez na política, e sua agitação constante não proporcionou nenhum progresso. As nações dão testemunho de sua grandeza por meio de alguns monumentos e de sua felicidade por meio do bem-estar individual. Os monumentos modernos valem os antigos? Duvido disso. As artes que participam mais diretamente do homem individual, as produções do seu gênio ou da sua mão, pouco ganharam. Os gozos de Lúculo[55] bem valiam os de Samuel Bernard[56], de Baujon[57] ou do rei da Baváriaria[58]. Enfim, a longevidade humana perdeu. Para quem quer ser de boa-fé, nada, portanto, mudou, o homem é o mesmo: a força é sempre sua única lei e o sucesso, sua única sabedoria. Maomé ou Lutero nada mais fizeram do que colorir de modo diferente o círculo no qual os povos jovens fizeram suas evoluções. Nenhuma política impediu a civilização – sua riqueza, seus costumes, seu contrato entre os fortes contra os fracos, suas ideias e suas volúpias – de ir de Mênfis a Tiro, de Tiro a Baalbek, de Ted-

---

55 General romano célebre por seu gosto pelo luxo.

56 Rico financista que viveu nos tempos de Luís XIV e Luís XV.

57 Na verdade, Nicolas Beaujon, riquíssimo banqueiro e homem de negócios, falecido em 1776.

58 Balzac refere-se provavelmente ao seu contemporâneo Ludwig I, que governou a Baváriaria entre 1825 e 1848, sendo um grande patrono das artes.

mor[59] a Cartago, de Cartago a Roma, de Roma a Constantinopla, de Constantinopla a Veneza, de Veneza para a Espanha e da Espanha para a Inglaterra, sem que exista nenhum vestígio de Mênfis, de Tiro, de Cartago, de Roma ou de Atenas. O espírito desses grandes corpos evolou-se. Ninguém se preservou da ruína e nem adivinhou este axioma: "Quando o efeito produzido não está mais em relação com a sua causa, existe desorganização". Nem o gênio mais sutil pode descobrir qualquer ligação entre esses grandes fatos sociais. Nenhuma teoria política sobreviveu. Os governos passam como os homens, sem transmitirem uns aos outros nenhum ensinamento, e nenhum sistema engendra um sistema mais perfeito. O que concluir da política, quando o governo apoiado em Deus pereceu na Índia e no Egito, quando o governo do sabre e da tiara passou, quando o governo de um só está morto, quando o governo de todos jamais pôde sobreviver, quando nenhuma concepção da força inteligencial, aplicada aos interesses materiais, pôde durar, e que tudo tem de ser refeito hoje em dia como em todas as épocas em que o homem exclamou: *Eu sofro*? O *código*, que é considerado a mais bela obra de Napoleão, é a obra mais draconiana que conheço. A divisibilidade territorial levada ao infinito, cujo princípio é nele consagrado pela partilha igual dos bens, deve engendrar o abastardamento da nação, a

---

59 Ou Tadmor, antiga cidade da Síria, também conhecida como Palmira.

morte das artes e das ciências. O solo muito dividido é cultivado com cereais, com pequenos vegetais. As florestas e, portanto, os cursos d'água desaparecem. Não se criam mais nem bois nem cavalos. Faltam tanto os meios para o ataque quanto para a resistência. Se vier uma invasão, o povo é arrasado. Ele perdeu os seus grandes estímulos, ele perdeu seus chefes. E eis aí a história dos desertos. A política é, portanto, uma ciência sem princípios definidos, sem fixidez possível. Ela é o gênio do momento, a aplicação constante da força, segundo a necessidade do dia. O homem que visse a dois séculos de distância no futuro morreria em praça pública, carregado com as imprecações do povo ou seria – o que me parece pior – flagelado pelos mil açoites do ridículo. As nações são indivíduos que não são nem mais sábios e nem mais fortes do que o homem, e seus destinos são os mesmos. Refletir sobre esse não é se ocupar daqueles? Com o espetáculo desta sociedade incessantemente atormentada tanto nas suas bases quanto nos seus efeitos, tanto em suas causas quanto em sua ação, na qual a filantropia é um magnífico erro e o progresso, um contrassenso, eu adquiri a confirmação desta verdade: a de que a vida está em nós e não do lado de fora, que se elevar acima dos homens para comandá-los é o papel amplificado de um regente de classe, e que os homens bastante fortes para subirem até a linha de onde eles podem desfrutar da visão dos mundos não devem olhar para os seus pés.

304.
Não seria durante a sua juventude que os povos geram os seus dogmas, os seus ídolos? E os seres sobrenaturais diante dos quais eles tremem não seriam a personificação dos seus sentimentos, das suas necessidades amplificadas?

305.
Um desejo é um fato inteiramente realizado em nossa vontade antes de sê-lo exteriormente.

306.
Os acontecimentos que atestam a ação da humanidade e que são o produto da sua inteligência têm causas nas quais eles são preconcebidos, assim como nossas ações são realizadas em nosso pensamento antes de se reproduzirem externamente. Os pressentimentos ou as profecias são o *resumo* dessas causas.

307.
A glória é o egoísmo divinizado.

308.
Talvez as palavras "materialismo" e "espiritualismo" exprimam os dois lados de um único e mesmo fato.

309.
Não seria necessário revirar a ciência filosófica? Nós nos ocupamos muito pouco com o pretenso nada que nos pre-

cedeu e esquadrinhamos o pretenso nada que nos aguarda. Fazemos de Deus o responsável pelo futuro e não lhe pedimos que nos preste nenhuma conta do passado. No entanto, é tão necessário saber se temos alguma raiz no anterior quanto saber se estamos soldados ao futuro.

310.

Enquanto um bom gênio não tiver prestado contas da desigualdade patente das inteligências, do sentido geral da humanidade, a palavra Deus será incessantemente posta em acusação e a sociedade repousará sobre areias movediças. O segredo das diferentes zonas morais pelas quais transita o homem será encontrado na análise da animalidade por inteiro. A animalidade, até hoje, só tem sido considerada em relação às suas diferenças, e não nas suas similitudes, nas suas aparências orgânicas, e não em suas faculdades. As faculdades animais se aperfeiçoam cada vez mais, segundo leis que devem ser investigadas. Essas faculdades correspondem a forças que as exprimem, e essas forças são essencialmente materiais, divisíveis. Faculdades materiais! Pensem nessas duas palavras. Talvez essa seja uma questão tão insolúvel quanto é a da transmissão do movimento à matéria, abismo ainda inexplorado, cujas dificuldades foram antes deslocadas do que resolvidas pelo sistema de Newton.

311.

O mesmo animal não se assemelha mais na zona tórrida, na Índia ou no Norte. Entre a verticalidade e a obliquidade dos raios solares, desenvolve-se uma natureza dessemelhante e parecida que, sendo a mesma em seu princípio, não se assemelha nem de um lado e nem do outro em seus resultados. O fenômeno que nos salta aos olhos no mundo zoológico, quando comparamos as borboletas de Bengala com as borboletas da Europa, é ainda muito maior no mundo moral. É preciso um ângulo facial determinado, uma certa quantidade de dobras cerebrais para obter Colombo, Rafael, Napoleão, Laplace ou Beethoven[60]. O vale sem sol gera o cretinismo[61]; tirem as suas conclusões. Por que essas diferenças devidas à destilação mais ou menos feliz da luz no homem?

312.

Que belo livro não se faria contando a vida e as aventuras de uma palavra! Sem dúvida, ela recebeu diversas impressões dos acontecimentos aos quais ela serviu. De acordo com os lugares, ela despertou diferentes ideias. Porém, não será ainda maior considerá-la sob o triplo aspecto da alma, do corpo e do movimento? Considerando-a em si mesma, abstraindo-a das suas funções, dos seus efeitos e dos seus

---

60 Neste ponto, Balzac mostra-se partidário da frenologia, doutrina elaborada pelo médico alemão Franz-Joseph Gall (1758-1828), que associava o caráter dos indivíduos ao formato do crânio e à conformação cerebral. Esta doutrina evoluiria, no final do século XIX, dando origem à polêmica antropologia criminal de Cesare Lombroso.

61 Doença provocada pelo mau funcionamento da glândula tireoide.

atos, não haveria com o que cairmos em um oceano de reflexões? A maioria das palavras não está marcada pela ideia que elas representam exteriormente? A que gênio elas se devem? Se é preciso uma grande inteligência para criar uma palavra, que idade tem, portanto, a palavra humana? A reunião das letras, sua forma e a figura que elas dão a uma palavra designam exatamente, segundo o caráter de cada povo, seres desconhecidos cuja lembrança está em nós. Quem nos explicará filosoficamente a transição da sensação para o pensamento, do pensamento para o verbo, do verbo para sua expressão hieroglífica, dos hieróglifos para o alfabeto, do alfabeto para a eloquência escrita, cuja beleza reside em uma sequência de imagens classificadas pelos oradores, e que são como os hieróglifos do pensamento? A antiga pintura das ideias humanas, configuradas pelas formas zoológicas, não teria determinado os primeiros signos dos quais se serviu o Oriente para escrever suas línguas? Depois, não teria ela tradicionalmente deixado alguns vestígios em nossas línguas modernas, que compartilham todas os restos do verbo primitivo das nações, verbo majestoso e solene, cuja majestade, cuja solenidade decrescem à medida que envelhecem as sociedades; cujas repercussões tão sonoras na Bíblia hebraica, tão belas ainda na Grécia, foram enfraquecendo através dos progressos de nossas civilizações sucessivas? Será a este antigo espírito que nós devemos os mistérios ocultos em toda palavra humana? Não existe na palavra *verdadeiro* uma espécie de retidão fantástica? Não se encontra no som breve que ela exige[62] uma vaga imagem da casta nudez, da simplicidade do verdadeiro em todas as coisas? Essa sílaba respira um não sei quê de frescor. Ocorre o mesmo com cada verbo: todos estão marcados com um vivo poder que eles recebem da alma e que restituem a ela pelos mistérios de uma ação e de uma reação maravilhosas entre a palavra e o pensamento.

313.

As fraquezas humanas são essencialmente covardes, elas não comportam nem paz nem trégua. Aquilo que vós lhes concedestes ontem, elas exigem hoje, amanhã e sempre. Elas se estabelecem nas concessões e as estendem.

314.

Estamos habituados a julgar os outros por nós, e se nós os absolvemos complacentemente dos nossos defeitos, os condenamos severamente por não terem as nossas qualidades.

315.

Por que os homens não olham sem uma profunda emoção para todas as ruínas, mesmo as mais humildes? Sem dúvida, elas são para eles uma imagem da infelicidade cujo peso é sentido por eles tão diversamente. Os cemitérios fazem pensar na morte, uma aldeia abandonada faz pensar nos sofrimentos da vida. A morte é uma desgraça pre-

---

62 Esse som breve se refere à palavra francesa "vrai" (verdadeiro).

vista, os sofrimentos da vida são infinitos. O infinito não será o segredo das grandes melancolias?...

316.
O benfeito obscuramente não tenta ninguém. Nós carecemos essencialmente da virtude cívica com a qual os grandes homens dos velhos dias prestavam serviços à pátria, colocando-se nas últimas fileiras quando não comandavam. A doença do nosso tempo é a superioridade. Existem mais santos do que nichos. Junto com a monarquia, nós perdemos a *honra*; com a religião de nossos pais, a *virtude cristã*; com nossos infrutíferos ensaios de governo, o *patriotismo*. Esses princípios não existem mais, a não ser parcialmente em vez de animar as massas, porque as ideias não perecem jamais. Agora, para escorar a sociedade, não temos outro sustentáculo além do *egoísmo*. Os indivíduos acreditam neles. O futuro é o homem social; não vemos mais nada além... Infeliz do país assim constituído! As nações, do mesmo modo que os indivíduos, só devem sua energia aos grandes sentimentos. Os sentimentos de um povo são suas crenças. Em vez de ter crenças, nós temos interesses. Se cada um só pensa em si e não tem fé senão em si próprio, como quereis encontrar muita coragem civil, quando a condição dessa virtude consiste na renúncia a si próprio? A coragem civil e a coragem militar procedem do mesmo princípio. Uns são chamados a dar sua vida de uma única vez, a de outros se vai gota a gota. De cada lado, os mesmos combates sob outras formas.

317.
O homem que destrói e o homem que constrói são dois fenômenos de vontade. Um prepara, o outro termina a obra. O primeiro aparece como o gênio do mal, e o segundo parece ser o gênio do bem. Para um a glória, para o outro o esquecimento. O mal possui uma voz estrondosa que desperta as almas vulgares e as enche de admiração, enquanto o bem permanece por muito tempo mudo. O amor-próprio humano escolheu logo o papel mais brilhante.

318.
Em termos de civilização, nada é absoluto. As ideias que convêm a uma região são mortais em uma outra; e ocorre com as inteligências a mesma coisa que com os territórios.

319.
Se temos tantos maus administradores, é porque a administração, assim como o gosto, procede de um sentimento muito elevado, muito puro. Nisso, o gênio provém de uma tendência da alma, e não de uma ciência. Ninguém pode avaliar os atos nem os pensamentos de um administrador. Seus verdadeiros juízes estão longe dele, e os resultados, ainda mais afastados.

320.
A administração não consiste em impor às massas ideias ou métodos mais ou menos justos, mas em imprimir às ideias boas ou más dessas massas uma direção útil que as faça harmonizar-se com o bem geral. Se os precon-

ceitos e as rotinas de uma região vão dar em um mau caminho, os habitantes abandonam por si próprios os seus erros. Todo erro, na economia rural, política ou doméstica, não constitui perdas que o interesse retifica ao longo do tempo?

321.
Nada é mais variável que a administração. Ela tem poucos princípios gerais. A lei é uniforme; os costumes, as terras e as inteligências não o são. Ora, a administração é a arte de aplicar as leis sem ferir os interesses – tudo nela é, portanto, local.

322.
Para civilizar, para criar produções, é preciso fazer que as massas compreendam em que o interesse particular se harmoniza com os interesses nacionais, que se resolvem pelos fatos, os interesses e os princípios.

323.
O dogma da vida futura é não somente um consolo, mas também um instrumento apropriado para governar. A religião não é o único poder que sanciona as leis sociais? Na ausência da religião, o governo foi forçado a inventar o Terror[63] para tornar as leis executórias. Mas era um terror humano, e passou.

---

63 Regime que vigorou na França entre 31 de maio de 1793 e 27 de julho de 1794, e durante o qual o governo de Robespierre assumiu poderes ditatoriais, cometendo inúmeras arbitrariedades e violências.

324.

Entre fazer o mal ou fazer o bem, não existe outra diferença que a paz da consciência ou a sua perturbação. O trabalho é o mesmo.

325.

A sociedade não vive somente pelas ideias morais; para subsistir, ela tem necessidade de ações em harmonia com as suas ideias.

326.

Uma religião é o coração de um povo. Ela exprime seus sentimentos e os engrandece, dando-lhes uma finalidade. Porém, sem um Deus visivelmente honrado, a religião não existe e, portanto, as leis humanas não têm nenhum vigor. Se a consciência pertence só a Deus, o corpo incorre na lei social. Ora, não seria um começo de ateísmo apagar os sinais exteriores de uma convicção religiosa? Eles não foram instituídos para indicar às crianças que ainda não refletem, e a todas as pessoas que têm necessidade de exemplos, a necessidade de obedecer às leis, por uma resignação patente às ordens da Providência que fere e consola, que dá e tira os bens desse mundo?

327.

A base das sociedades humanas será sempre a família. Nela começa a ação do poder e da lei, nela deve-se pelo menos aprender a obediência. Vistos em todas as suas consequências, o espírito de família e o poder paternal são dois princípios ainda muito pouco desenvolvidos em nosso sistema legislativo. A família, a comuna, o departamento[64]: todo o nosso país está neles. As leis deveriam, portanto, ser baseadas nessas três grandes divisões.

328.

Aquilo que faz a força do catolicismo, aquilo que tão profundamente o enraizou nos costumes, é precisamente o brilho com o qual ele aparece nas circunstâncias graves da vida para cercá-las com pompas tão ingenuamente tocantes, tão grandes quando o padre se coloca à altura de sua missão e quando ele sabe harmonizar seu ofício com a sublimidade da moral cristã.

329.

Religião quer dizer *laço*, e certamente o culto – ou, dito de outra forma, a religião expressa – constitui a única força que pode ligar as espécies sociais e dar-lhes uma forma durável.

330.

As pessoas às quais o poder é momentaneamente confiado jamais pensaram seriamente nos desdobramentos necessários de uma injustiça cometida para com um homem do povo. Um pobre, obrigado a ganhar seu pão cotidiano, não luta por muito tempo, é verdade. Mas ele fala e encontra ecos em todos os corações sofredores. Uma única ini-

---

64 Na divisão territorial francesa, os departamentos equivaleriam aos nossos estados e as comunas, aos municípios.

quidade multiplica-se pelo número daqueles que se sentem atingidos por ela. Esse levedo fermenta. Isso ainda não é nada; resulta daí um mal maior. Essas injustiças alimentam no povo um ódio surdo para com as superioridades sociais. O burguês torna-se e permanece o inimigo do povo, é quem o coloca fora da lei o engana e o rouba. Para o pobre, o roubo não é mais nem um delito e nem um crime, mas uma vingança. Se, quando se trata de fazer justiça aos pequenos, um administrador os maltrata e faz trapaça com os seus direitos adquiridos, como podemos exigir do infeliz sem pão resignação com os seus sofrimentos e respeito pelas propriedades?

331.

Algumas pessoas, que jamais mediram o excesso dos sofrimentos, acusam de excessos as vinganças populares! Porém, no dia em que o governo causou mais desgraças individuais do que prosperidades, sua derrubada não se deveu a um acaso. Ao derrubá-lo, o povo saldou suas contas à sua maneira.

332.

Quando damos início a uma tarefa, existe alguma coisa em nós que nos leva a não deixá-la imperfeita. Essa necessidade de ordem e de perfeição é um dos sinais mais evidentes de um destino futuro.

333.
A vida humana é, sem dúvida, uma derradeira prova para a virtude assim como para o gênio, igualmente reclamados por um mundo melhor. A virtude e o gênio me parecem as duas mais belas formas desse completo e constante devotamento que Jesus Cristo veio aprender com os homens. O gênio permanece pobre iluminando o mundo, a virtude guarda o silêncio sacrificando-se pelo bem geral.

334.
O patriotismo só inspira sentimentos passageiros, a religião os torna duráveis. O patriotismo é um esquecimento momentâneo do interesse pessoal, enquanto o cristianismo é um sistema completo de oposição às tendências depravadas do homem.

335.
Vejam como o dedo de Deus imprimiu-se fortemente nas coisas humanas, tocando nelas pelas mãos de seu vigário! Os homens perderam muito em sair dos caminhos traçados pelo catolicismo. A Igreja, da qual poucas pessoas se preocupam em ler a história, e que é julgada de acordo com certas opiniões errôneas, espalhadas propositadamente no povo, ofereceu o modelo perfeito do governo que os homens procuram estabelecer hoje em dia. O princípio da eleição fez dela, durante muito tempo, uma grande potência política. Não havia antigamente uma única instituição religiosa que fosse baseada na liberdade, na igualdade. Todas as vozes cooperavam na obra. O principal, o abade, o

bispo, o geral da ordem, o papa eram então escolhidos conscienciosamente de acordo com as necessidades da Igreja. Eles expressavam o pensamento dela. Assim, a mais cega obediência lhes era devida. Sem falar dos benefícios sociais desse pensamento, que fez as nações modernas, inspirou tantos poemas, catedrais, estátuas, quadros e obras musicais, farei somente observar que as eleições plebeias, o júri e as duas câmaras têm as suas raízes nos concílios provinciais e ecumênicos, no episcopado e no colégio dos cardeais – com a diferença de que as ideias filosóficas atuais sobre a civilização me parecem empalidecer diante da sublime e divina ideia da comunhão católica, imagem de uma comunhão humana universal, realizada pelo Verbo e pelo fato reunidos no dogma religioso. Será difícil para os novos sistemas políticos – tão perfeitos quanto os suponhamos – recomeçar as maravilhas devidas aos tempos em que a Igreja sustentava a inteligência humana[65].

336.
As grandes coisas sociais só se fazem pelo poder dos sentimentos, a única coisa que pode reunir os homens. O filosofismo moderno baseou as leis no interesse pessoal, que tende a isolá-los. Antigamente, mais do que hoje em dia, encontravam-se, entre as nações, homens generosamente animados por uma ternura maternal para com os sofrimentos das

---

65 Quase sempre, para sustentar a inteligência humana, a Igreja de outrora amarrava-a em um poste e a aquecia com uma boa fogueira por baixo.

massas e para com os seus direitos não reconhecidos. Assim, o padre, filho da classe média, opunha-se à força material e defendia os povos contra os seus inimigos. A Igreja teve possessões territoriais, e seus interesses temporais – que pareciam dever consolidá-la – acabaram por enfraquecer a sua ação. Com efeito, se o padre tem propriedades privilegiadas, ele parece opressor; se o Estado o paga, ele é um funcionário, ele deve seu tempo, seu coração, sua vida. Os cidadãos atribuem suas virtudes a um dever, e sua beneficência, esgotada no princípio do livre-arbítrio, seca em seu coração. Se o padre for pobre, porém, se ele for voluntariamente padre, sem outro apoio além de Deus, sem outra fortuna que o coração dos fiéis, ele se torna missionário na América, ele se institui apóstolo, ele é o príncipe do bem. Enfim, ele só reina pela privação e sucumbe pela opulência.

337.

O legislador deve ser superior a seu século. Ele constata a tendência dos erros gerais e indica com precisão os pontos para os quais se inclinam as ideias de uma nação. Portanto, ele trabalha muito mais para o futuro do que para o presente, mais para a geração que cresce do que para aquela que se escoa. Ora, se vocês chamam a massa para fazer a lei, a massa pode ser superior a ela mesma? Não. Quanto mais a assembleia representar fielmente as opiniões da multidão, menos ela terá a inteligência do governo, menos suas visões serão elevadas, menos precisa e mais vacilante será a sua legislação. Porque a multidão – mesmo que seja a mais inteligente – não pode ter e nunca terá como elementos e como resultados senão a desordem, a confusão e o tumulto. A lei implica uma sujeição às regras, e toda regra está em oposição aos costumes naturais, aos interesses do indivíduo. A massa fará leis contra ela própria? Não. Muitas vezes, a tendência das leis deve estar em razão inversa da tendência dos costumes. Moldar as leis sobre os costumes gerais não seria dar, na Espanha, prêmios de encorajamento à intolerância religiosa e à preguiça; na Inglaterra, ao espírito mercantil; na Itália, ao amor pelas artes destinadas a exprimir a sociedade, mas que não podem ser toda a sociedade; na Alemanha, a essas divagações ociosas e estéreis que são chamadas de filosofia naquele país; na França, ao espírito de leviandade, ao modismo das ideias e à facilidade de nos separar em facções, que sempre nos devoraram? O que ocorreu nesses mais de quarenta anos em que os colégios eleitorais põem as mãos nas leis? Nós temos quarenta mil leis. Um povo que tem quarenta mil leis não tem lei nenhuma. Quinhentas inteligências medíocres – porque um século não tem mais de cem inteligências verdadeiramente grandes ao seu serviço – podem ter a força de elevar-se a essas considerações? Não. Os homens quase sempre desconhecidos, saídos de quinhentas localidades diferentes, nunca compreenderão de uma mesma maneira o espírito da lei – e a lei deve ter um. Porém, vou ainda mais longe. Cedo ou tarde uma assembleia cai sob o cetro de um homem, e em vez de ter dinastias de reis, vocês têm cambiantes e custosas dinastias de primeiros-ministros. No fim de toda deliberação, encontram-se Mirabeau, Danton, Robespierre ou Napoleão: alguns procônsules ou um imperador. Com efeito, é necessária uma quantidade determinada de força para erguer um determinado peso. Essa força pode estar distribuída por um maior ou menor número de alavancas. Porém, definitivamente, a força deve ser proporcional ao peso; aqui, o peso é a massa ignorante e sofredora que constitui o primeiro alicerce de todas as sociedades. O poder, sendo repressivo por sua natureza, tem necessidade de uma grande concentração para opor uma resistência igual ao movimento popular. Se vocês admitirem pessoas de talento, elas se submeterão a essa lei natural e submeterão o país a ela. Se vocês reunirem homens medíocres, eles serão vencidos cedo ou tarde pelo gênio superior: o deputado de talento sente a razão de Estado, o deputado medíocre transige com a força. Em suma, uma assembleia cede a uma ideia – como a Convenção durante o Terror –, a uma potência – como o Corpo legislativo nos tempos de Napoleão –, a um sistema ou ao dinheiro, como hoje em dia (1845).

338.
Se uma nação está envelhecida, se o filosofismo e o espírito de discussão a corromperam até a medula dos ossos, essa nação caminha para o despotismo, apesar das formas da liberdade, do mesmo modo como os povos sábios sabem quase sempre encontrar a liberdade sob as formas do despotismo. De tudo isso resulta a necessidade de uma grande restrição nos direitos eleitorais, a necessidade de um poder forte, a necessidade de uma religião poderosa que torne o rico amigo do pobre e ordene ao pobre uma completa resignação.

339.
A cada um o seu pensamento, diz o cristianismo; a cada um o seu campo, diz a lei moderna. A lei moderna pôs-se em harmonia com o cristianismo. A cada um o seu pensamento é a consagração dos direitos da inteligência, a cada um o seu campo é a consagração da propriedade devido aos esforços do trabalho. Daí nossa sociedade. A natureza baseou a vida humana no sentimento da conservação individual, a vida social fundamentou-se no interesse pessoal. Esmagando esses dois sentimentos egoístas sob o pensamento de uma vida futura, a religião modifica a dureza dos contatos sociais. Assim, Deus abranda os sofrimentos produzidos pelo atrito entre os interesses por intermédio do sentimento religioso que faz do esquecimento de si próprio uma virtude, assim como ele moderou por intermédio de leis desconhecidas os atritos no mecanismo de seus mundos. O cristianismo diz ao pobre para suportar o rico e ao rico para aliviar as misérias do pobre. Essas poucas palavras não serão a essência de todas as leis divinas e humanas?

340.
Um grande ministro é um grande pensamento escrito sobre todos os anos do século cujo esplendor e prosperidades foram preparados por ele. A constância é a virtude que lhe é mais necessária. Mas também, em todas as coisas humanas, a constância não será a mais alta expressão da força? Vemos há algum tempo muitos homens não terem senão ideias ministeriais, em vez de terem ideias na-

cionais, para não admirarmos o verdadeiro estadista como aquele que nos oferece a mais imensa poesia humana. Sempre ver além do momento e antecipar o destino. Estar acima do poder e só permanecer nele pelo sentimento da utilidade daquilo que se é, sem abusar das suas forças. Despojar-se de suas paixões e mesmo de toda ambição vulgar para continuar senhor das suas faculdades, para prever, querer e agir incessantemente. Fazer-se justo e absoluto, manter a ordem sem nada poupar, impor silêncio ao seu coração e só escutar sua inteligência. Não ser desconfiado nem confiante, nem cético nem crédulo, nem agradecido nem ingrato, nem ficar de pé atrás com relação a um acontecimento nem surpreendido por um pensamento. Viver, enfim, pelo sentimento das massas, e sempre dominá-las estendendo as asas de seu espírito, aumentando o volume de sua voz e a penetração do seu olhar, vendo não mais os detalhes, mas as consequências de todas as coisas, não será isso ser um pouco mais que um homem? Assim, os nomes desses grandes e nobres pais das nações deveriam ser para sempre populares.

341.

De todas as práticas desse mundo, o louvor é a mais habilmente pérfida. Em Paris, sobretudo, os políticos de todos os gêneros sabem sufocar um talento, desde o seu nascimento, sob as coroas profusamente atiradas sobre o seu berço.

342.

A mediocridade é suficiente para todas as horas da vida; ela é a vestimenta cotidiana da sociedade. Tudo aquilo que sai da sombra suave projetada pelas pessoas medíocres é alguma coisa de muito brilhante. O gênio e a originalidade são joias que devem ser trancadas e guardadas para com elas adornar-se em certos dias.

343.

A característica das doutrinas absolutas é magnificar as mais simples ações vinculando-as à vida futura. Daí essa magnífica e suave pureza do coração, esse respeito pelos outros e por si próprio; daí não sei que delicado sentimento do justo e do injusto; depois uma grande caridade, mas também a equidade estrita e – para dizer tudo – implacável. Enfim, um profundo horror pelos vícios, sobretudo pela mentira, que abarca todos eles.

344.

Tudo se torna sério na vida humana quando a eternidade pesa sobre a mais leve de nossas determinações. Quando essa ideia age com toda a sua potência sobre a alma de um homem e faz que ele sinta em si um não sei quê de imenso que o põe em contato com o infinito, as coisas se modificam estranhamente. Desse ponto de vista, a vida é bem grande e bem pequena.

345.

A glória dos evangelistas e a prova de sua missão está menos em terem feito algumas leis do que em terem espalhado sobre a terra o espírito novo das leis novas.

346.

Ao se deixar crucificar, Jesus Cristo não nos ensinou a obedecer a todas as leis humanas, mesmo que elas sejam injustamente aplicadas?

347.

A sociedade procede como o oceano; ela recupera o seu nível, a sua marcha depois de um desastre, e apaga os seus vestígios pelo fluxo e refluxo de seus interesses devoradores.

348.

A solidão tem encantos comparáveis aos da vida selvagem – que nenhum europeu largou depois de ter experimentado. Isso pode parecer estranho em uma época em que cada um vive tanto para os outros que todo mundo se preocupa com cada um, e que a vida privada logo não existirá mais, tanto os olhos do jornal – Argus[66] moderno – ganham em atrevimento e avidez. Todavia, essa proposição apoia-se na autoridade dos seis primeiros séculos do cristianismo,

---

66 Segundo a mitologia, Argus possuía cem olhos, dos quais cinquenta ficavam abertos enquanto os outros cinquenta dormiam. Por causa disso, tornou-se o símbolo da vigilância implacável e da clarividência.

durante os quais nenhum solitário retornou à vida social. Existem poucas chagas morais que a solidão não cure.

349.

É impossível não ser tocado pela leitura da *Imitação*[67], que é para o dogma aquilo que a ação é para o pensamento. Nela, o catolicismo vibra, move-se, agita-se, faz um corpo a corpo com a vida humana. Esse livro é um amigo certo; ele fala a todas as paixões, a todas as dificuldades até mesmo mundanas. Ele dissipa todas as objeções, ele é mais eloquente do que todos os pregadores, porque a voz dele é a vossa, ela eleva-se em vosso coração e vós a escutais através da alma. É, enfim, o Evangelho traduzido, apropriado a todos os tempos, superposto a todas as situações.

350.

O encanto de uma vida na qual cada hora tem o seu emprego, o retorno de trabalhos conhecidos em momentos determinados, enfim, a regularidade é a razão de muitas existências felizes, provando o quanto os fundadores de ordens religiosas tinham meditado profundamente sobre a natureza do homem.

---

67 A *Imitação de Cristo* é um livro de devoção escrito no final do século XIV ou início do século XV. Ele é atribuído ao teólogo alemão Thomas Kempis (1379?-1471) ou ao teólogo francês Jean de Gerson (1363-1429). Trata-se do maior clássico da literatura cristã depois do Novo Testamento.

351.

A lei que rege a natureza física com relação à influência dos meios atmosféricos para as condições de existência dos seres que neles se desenvolvem rege igualmente a natureza moral – de onde se deduz que a reunião dos condenados é um dos maiores crimes sociais, e que o seu isolamento é uma experiência de um sucesso duvidoso. Os condenados deveriam ser entregues a instituições religiosas e cercados pelos sortilégios do bem em vez de permanecerem em meio às enormidades do mal. Pode-se esperar, nesse gênero, um devotamento integral por parte da Igreja. Se ela envia missionários para o meio das nações selvagens ou bárbaras, com que alegria não daria ela às ordens religiosas a missão de receber os selvagens da civilização para catequizá-los! Porque todo criminoso é ateu e, muitas vezes, sem sabê-lo.

352.

O banqueiro é um conquistador que sacrifica as massas para chegar a resultados ocultos; seus soldados são os interesses dos particulares. Ele tem seus estratagemas para combinar, suas emboscadas para armar, seus guerrilheiros para lançar, suas cidades para tomar. A maioria desses homens está tão contígua à política que terminam por misturar-se com ela, e suas fortunas sucumbem a isso. A casa Necker[68] perdeu-se assim, e o famoso Samuel Bernard ficou quase arruinado por causa disso. Em cada sécu-

---

68 O banqueiro suíço Jacques Necker (1732-1804) dirigiu as finanças da França durante o reinado de Luís XVI.

lo, encontra-se um banqueiro de fortuna colossal que não deixa nem fortuna nem sucessor. Os irmãos Pâris, que contribuíram para derrubar Law[69], e o próprio Law – perto de quem todos aqueles que inventam sociedades por ações são pigmeus –, Bouret, Baujon, todos desapareceram sem se fazer representar por uma família. Como o tempo, a banca devora seus filhos[70]. Para poder subsistir, o banqueiro deve tornar-se nobre, fundar uma dinastia como os prestamistas de Carlos V e os Fugger – feitos príncipes de Babenhausen, e que ainda existem... no Almanaque de Gotha[71]. A banca busca a nobreza por instinto de conservação, e talvez sem saber disso. Jacques Coeur constituiu uma grande casa nobre, a de Noirmoutier, extinta no reinado de Luís XIV. Que energia neste homem, arruinado por ter feito um rei legítimo! Ele morreu príncipe de uma ilha do Arquipélago, onde ele construiu uma magnífica catedral[72].

---

69 John Law (1671?-1729), financista escocês que foi controlador-geral das finanças da França e criador da Companhia das Índias.

70 Segundo a mitologia, Cronos (ou Saturno), o rei dos deuses, devorava todos os seus filhos logo que eles nasciam, a fim de cumprir uma promessa que fizera a seu irmão Titã e também porque uma profecia lhe advertira de que um dos seus filhos lhe tomaria o trono (o que de fato aconteceu, por obra de Zeus).

71 Publicado entre 1763 e 1944, na cidade alemã do mesmo nome, este almanaque servia como repositório de informações sobre a nobreza e a diplomacia europeias.

72 Após ter financiado a França na guerra contra os ingleses, Jacques Coeur foi vítima de uma conspiração e banido, morrendo provavelmente na ilha de Quios, no mar Egeu.

353.

Quando os reis da França tiveram ministros, eles mandaram fazer relatórios sobre as questões importantes, em vez de pedir – como outrora – conselho aos grandes do Estado. Insensivelmente, os ministros foram levados por seus assessores a imitar os reis. Ocupados em se defender diante das duas câmaras e diante da corte, eles se deixaram levar pelas muletas do relatório. Nada de importante se apresenta na administração que o ministro, diante da coisa mais urgente, não responda: "Eu pedi um relatório". O relatório torna-se assim, para o assunto e para o ministro, aquilo que é a relatoria na câmara dos deputados para as leis: uma consulta onde são tratadas as razões contra e a favor com maior ou menor parcialidade; de modo que o ministro, do mesmo modo que a câmara, encontra-se tão adiantado antes quanto depois do relatório. Qualquer espécie de decisão é tomada em um instante; não importa o que se faça, é preciso chegar ao momento em que se decide. Quanto mais se colocam em batalha razões contra e razões a favor, menos o julgamento é são. As mais belas coisas da França foram feitas quando não existia relatório e quando as decisões eram espontâneas. A lei suprema do estadista é aplicar algumas fórmulas precisas a todos os casos, à maneira dos juízes e dos médicos[73].

---

73 O final deste pensamento é idêntico ao pensamento 162.

354[74].

A Restauração e a revolução polonesa de 1831 souberam demonstrar tanto às nações quanto aos príncipes aquilo que vale um homem e aquilo que lhes acontece quando ele lhes falta. O último e maior defeito dos estadistas da Restauração foi sua honestidade em uma luta na qual seus adversários empregavam todos os recursos da patifaria política, a mentira e as calúnias, incitando contra eles – pelos meios mais subversivos – as massas ininteligentes, capacitadas somente para compreender e praticar a desordem.

355.

Os acontecimentos nunca são absolutos, seus resultados dependem inteiramente dos indivíduos. A desgraça é um degrau para o gênio, uma pia batismal para o cristão, um tesouro para o homem habilidoso e, para os fracos, um abismo.

356.

Toda existência tem seu apogeu, uma época durante a qual as causas atuam e estão em relação exata com os resultados. Esse meio-dia da vida, onde as forças vivas se equilibram e se produzem em todo o seu fulgor, é não somente comum aos seres organizados, mas também às cidades, às nações, às ideias, às instituições, aos negócios e às empresas que, semelhantes às raças nobres e às dinastias,

---

74 O início deste pensamento é praticamente idêntico ao pensamento 193.

nascem, elevam-se e caem. De onde vem o rigor com o qual esse tema do crescimento e do decrescimento se aplica a tudo aquilo que se organiza cá embaixo? Porque a própria morte tem, nos tempos de flagelo, seu progresso, seu abrandamento, sua recrudescência e seu sono. Nosso próprio globo talvez seja um fogo de artifício um pouco mais durável que os outros. A história, contando as causas da grandeza e da decadência de tudo aquilo que existiu cá embaixo, poderia advertir o homem do momento em que ele deve interromper o exercício de todas as suas faculdades. Porém, nem os conquistadores, nem os atores, nem as mulheres e nem os escritores escutam sua voz salutar.

357[75].

Para as pessoas que levam a sério a sociedade, o aparelho da justiça tem um não sei quê de grande e de grave. As instituições dependem inteiramente dos sentimentos que os homens ligam a elas e das grandezas com que elas são revestidas pelo pensamento. Desse modo, quando não existe mais, não digo religião, mas crença em um povo, quando a educação primária afrouxou todos os laços conservadores, habituando a criança a uma impiedosa análise, uma nação está dissolvida. Ela não constitui mais um corpo, a não ser pelas ignóbeis soldaduras do interesse material, pelos mandamentos do culto que cria o egoísmo bem entendido. A justiça não é aceita como aquilo que ela deveria ser aos

---

75 Parte deste pensamento já foi mencionada no pensamento 161.

olhos dos homens, a não ser pelas almas alimentadas com ideias religiosas. Ela lhes surge como uma representação da própria sociedade, como uma augusta expressão da lei consentida, independente da forma sob a qual ela se produz: quanto mais o magistrado é velho, alquebrado e encanecido, mais solene é, aliás, o exercício do seu sacerdócio, que requer um estudo tão aprofundado dos homens e das coisas que sacrifica o coração e o endurece para a tutela de interesses palpitantes.

358.

Em todas as criações, a cabeça tem seu lugar marcado. Se, por acaso, uma nação faz que seu chefe caia a seus pés, ela cedo ou tarde se apercebe de que se suicidou. Como as nações não querem morrer, elas trabalham então para refazerem uma cabeça para si. Quando a nação não tem mais força para isso, ela perece, como pereceram Roma, Veneza e tantas outras. A distinção introduzida pela diferença dos costumes entre as outras esferas de atividade social e a esfera superior implica necessariamente um valor real, capital, entre as sumidades aristocráticas. Desde que, em qualquer Estado e sob qualquer forma que se manifeste o *governo*, os patrícios falhem em suas condições de completa superioridade, eles tornam-se sem força e o povo logo os derruba. O povo sempre quer vê-los com as mãos, o coração e a cabeça; a fortuna, o poder e a ação; a palavra, a inteligência e a glória. Sem essa tripla potência, todo privilégio se desvanece. Os povos – assim como as mulheres – amam a força em qualquer um que os governe, e seu amor não existe sem o respeito. Eles nunca concedem sua obediência a quem não a impõe.

359.
A igualdade pode ser um *direito*, mas nenhum poder humano poderia convertê-la em *fato*. Seria bem útil para a felicidade da França popularizar nela esse pensamento. Às massas menos inteligentes, ainda se revelam os benefícios da harmonia política. A harmonia é a poesia da ordem, e os povos têm uma viva necessidade de ordem.

360.
A França é o único país no qual alguma pequena frase pode fazer uma grande revolução. Lá, as massas nunca se revoltam, a não ser para tentar pôr de acordo os homens, as coisas e os princípios. Ora, nenhuma outra nação sente melhor o pensamento de unidade que deve existir nas esferas superiores da sociedade, talvez porque nenhuma outra tenha compreendido melhor as necessidades políticas, em seu momento preciso. A história jamais a encontrará de pé atrás. A França é muitas vezes enganada, mas como o é uma mulher: por ideias generosas, por sentimentos calorosos, cujo alcance escapa inicialmente ao calculismo.

361.
Os tempos estão mudados e também as armas. Um porta-bandeira, a quem outrora bastava usar a cota de malha, o gibão, manejar bem a lança e mostrar seu estandarte,

deve hoje em dia dar provas de inteligência. Onde só era necessário um grande coração, é preciso atualmente uma grande cabeça. A arte, a ciência e o dinheiro formam o triângulo social no qual está inserido o escudo do poder e de onde deve proceder a moderna aristocracia. Um belo teorema vale um grande nome. Os Rothschild – esses Fugger modernos – são príncipes de fato. Um grande artista é realmente um oligarca. Ele representa todo um século e se torna quase sempre uma lei. Assim é o talento da palavra – as máquinas de alta pressão do escritor –, o gênio do poeta, a constância do comerciante, a vontade do estadista (que concentra em si mil qualidades deslumbrantes) e a espada do general, essas conquistas pessoais feitas por um só sobre toda a sociedade para se impor a ela. A classe aristocrática deve esforçar-se hoje em dia para ter o monopólio disso, como antigamente ela tinha o da força material.

362[76].
Para permanecer à frente de um país, não é necessário ser sempre digno de conduzi-lo, ser a sua alma e o seu espírito, para fazer que ajam as suas mãos? Como conduzir um povo sem ter o poder que constitui o comando? O que seria do bastão dos marechais sem a força intrínseca do capitão que o segura? O Faubourg Saint-Germain brincou com os bastões, acreditando que eles

---

76 Parte deste pensamento reproduz o de número 214.

eram todo o poder. Ele tinha invertido os termos da proposição que comanda a sua existência. Em vez de deitar fora as insígnias que chocavam o povo e de guardar secretamente a força, ele deixou que a força fosse agarrada pela burguesia, aferrou-se fatalmente às insígnias e constantemente esqueceu as leis que lhe eram impostas pela sua fraqueza numérica. Uma aristocracia que pessoalmente representa apenas um milésimo de uma sociedade deve hoje em dia, como outrora, multiplicar os seus meios de ação para contrapor, nas grandes crises, um peso igual ao das massas populares. Em nossos dias, os meios de ação devem ser forças reais, e não lembranças históricas.

363.
O povo tem seus fenômenos de virtude, seus homens completos, seus Napoleões desconhecidos, que são o tipo das suas forças elevadas à sua mais alta expressão, resumindo seu alcance social em uma existência na qual o pensamento e o movimento se combinam, menos para nela jogar alegria do que para regularizar a ação da dor.

364.
As pessoas mundanas logo cedo exaurem sua natureza. Não estando ocupadas senão em fabricar alegrias para si, elas prontamente abusaram dos seus sentidos, assim como o operário abusa da aguardente. O prazer é como certas substâncias médicas: para obter constantemente os mes-

mos efeitos, é preciso dobrar as doses, e a morte ou a estupefação estão contidas na derradeira.

365[77].

Sem dúvida, as ideias projetam-se na razão direta da força com a qual elas são concebidas e vão cair aonde o cérebro as envia por uma lei matemática comparável àquela que direciona as bombas ao saírem do morteiro. Diversos são os efeitos disso. Se existem naturezas brandas, nas quais as ideias se alojam e que elas devastam, existem também naturezas vigorosamente munidas, crânios com muralhas de bronze sobre os quais as vontades dos outros se achatam e caem como balas diante de um muro. Além disso, existem também naturezas frouxas e esponjosas, onde as ideias dos outros vêm morrer como as balas que são amortecidas pela terra mole dos redutos.

366.

Se a juventude que ainda não falhou não tem indulgência para com as falhas dos outros, ela lhes empresta também suas magníficas crenças. É preciso, com efeito, ter experimentado bem a vida antes de reconhecer que, segundo as belas palavras de Rafael[78], compreender é igualar. Em ge-

---

77 Este pensamento é a reprodução exata do número 144.
78 Trata-se do pintor italiano Rafael Sanzio (1483-1520). Não há nenhuma certeza de que esta frase tenha realmente sido dita por ele (Sainte-Beuve, por exemplo, a atribuía ao próprio Balzac).

ral, o senso necessário à compreensão da poesia é raro na França, onde o espírito seca prontamente a fonte das santas lágrimas do êxtase, onde ninguém quer se dar ao trabalho de devassar o sublime, de sondá-lo para perceber nele o infinito.

367.

O mineiro tem menos dificuldade para extrair o ouro da mina do que os poetas têm para arrancar suas imagens das entranhas da mais ingrata das línguas; suas dores são ignoradas, ninguém sabe dos seus esforços. Se a finalidade da poesia é colocar as ideias no ponto exato onde todo mundo pode vê-las e senti-las, o poeta deve incessantemente percorrer a escala das inteligências humanas, a fim de satisfazer a todas. Ele deve ocultar sob as mais vivas cores a lógica e o sentimento, duas poderosas inimigas. É necessário que ele encerre todo um mundo de pensamentos em uma palavra, resuma filosofias inteiras através de uma pintura. Enfim, seus versos são sementes das quais as flores devem brotar nos corações buscando os sulcos abertos neles pelos sentimentos pessoais. Não é preciso ter sentido tudo para tudo exprimir? E sentir vivamente não é sofrer? Assim, as poesias só são produzidas depois de penosas viagens realizadas nas vastas regiões do pensamento e da sociedade[79]. Não serão trabalhos imortais aqueles aos

---

79 Este trecho já se encontra no pensamento 143.

quais devemos algumas criaturas cuja vida se torna mais autêntica do que a dos seres que realmente viveram, como a *Clarisse* de Richardson, a *Angélica* de Ariosto, a *Francesca* de Dante, o *Alceste* e a *Celimene*[80] de Molière, a *Jeanie Deans*[81] de Walter Scott, o *Dom Quixote* de Cervantes, o *Figaro* de Beaumarchais etc.?

368.

Não se pode ser grande homem sem inconvenientes, o gênio rega as suas obras com as suas lágrimas. O talento é uma criatura moral que tem, como todos os seres, uma infância sujeita a doenças. A sociedade rejeita os talentos incompletos, assim como a natureza elimina as criaturas fracas ou malformadas[82]. Quem quer elevar-se acima dos homens deve preparar-se para uma luta, não recuar diante de nenhuma dificuldade. Um grande escritor é um mártir destinado à imortalidade.

369.

Os partidos são ingratos para com as suas estrelas, eles abandonam de bom grado os seus filhos perdidos. É, sobretudo, na política que é necessário – para aqueles que querem se dar bem – seguir com o grosso do exército.

---

80 Ambos personagens da peça *O misantropo*.
81 Heroína da novela *The heart of Mid-Lothian*.
82 Esta frase se encontra no pensamento 130.

370.

Nos países devorados pelo sentimento de insubordinação social, oculto sob o nome de *igualdade*, todo triunfo é um desses milagres que não acontece – como certos milagres, aliás – sem a cooperação de hábeis contrarregras. De cada dez ovações obtidas por homens vivos e concedidas no seio da pátria, existem nove cujas causas são estranhas ao glorioso laureado. O triunfo de Voltaire nos palcos do teatro francês não era o da filosofia de seu século? Na França, só se pode triunfar quando todo mundo é coroado junto com a cabeça do triunfador[83].

371.

Ter uma pretensão e justificá-la é a impertinência da força; mas estar abaixo de suas pretensões confessas constitui um ridículo que se torna pasto para os pequenos espíritos[84].

372.

Os partidos cometem, em massa, algumas ações infames que cobririam um homem de ignomínia. Desse modo, quando um homem os resume aos olhos da multidão, ele

---

83 Esta última frase corresponde ao pensamento 218.

84 Este pensamento é quase idêntico ao de número 100.

torna-se Robespierre, Jeffries⁸⁵, Laubardemont⁸⁶ – espécies de altares expiatórios onde todos os cúmplices depositam algumas oferendas secretas.

373.
A convicção é a vontade humana chegada à sua máxima potência. Ao mesmo tempo efeito e causa, ela impressiona as almas mais frias. Ela é uma espécie de eloquência muda que se apodera das massas.

374.
Necessariamente temporária, incessantemente dividida, recomposta para dissolver-se novamente, sem laços entre o futuro e o passado, a família de outrora não mais existe na França. Aqueles que procederam à demolição do antigo edifício foram lógicos ao partilharem igualmente os bens da família, ao diminuírem a autoridade do pai, ao fazerem de todo filho o chefe de uma nova família, ao suprimirem as grandes responsabilidades. O Estado social reconstruído, porém, será tão sólido com as suas jovens

---

85 George Jeffreys (1645-1689), juiz britânico que adquiriu uma triste celebridade por causa de sua corrupção e crueldade (principalmente durante o reinado de Jaime II).

86 Jean Martin de Laubardemont (1590-1653), juiz francês que atuava como instrumento dos interesses do cardeal de Richelieu. Durante muito tempo, seu nome virou sinônimo de juiz iníquo.

leis – ainda sem longas provas – quanto era a monarquia, apesar dos seus antigos abusos? Perdendo a solidariedade das famílias, a sociedade perdeu esta força fundamental que Montesquieu havia descoberto e chamado de *honra*. Ela tudo isolou para melhor dominar, ela tudo partilhou para enfraquecer. Ela reina sobre unidades, sobre cifras aglomeradas como grãos de trigo em uma pilha. Os interesses gerais podem substituir as famílias? O tempo tem a resposta para essa grande questão.

375.

Não compreendo que alguém possa se tornar padre por outras razões que não sejam os indefiníveis poderes da vocação. Sei que diversos homens se fizeram trabalhadores da vinha do Senhor depois de terem gasto o seu coração a serviço das paixões: uns amaram sem esperança, outros foram traídos; estes perderam a flor de sua vida ao enterrarem uma esposa querida ou uma amante adorada; aqueles estão desgostosos com a vida social em uma época na qual a incerteza paira sobre todas as coisas, mesmo sobre os sentimentos, e na qual a dúvida zomba das mais doces certezas chamando-as de crenças. Vários abandonam a política em uma época em que o poder parece ser uma expiação quando o governado encara a obediência como uma fatalidade. Muitos abandonam uma sociedade sem bandeiras, onde os contrários se unem para destronar o bem. Eu não suponho que alguém se entregue a Deus por um pensamento cúpido. Alguns homens podem ver no sacerdócio um meio de regenerar nossa pátria, como se o padre patriota não fosse um contrassenso. O padre não deve pertencer senão a Deus.

376.

As almas que abraçam vivamente as impressões, as misérias, as paixões e os sofrimentos daqueles pelos quais elas se interessam, sentem-nas efetivamente, porém de uma maneira horrível – pelo fato de que elas podem medir a sua extensão, que escapa às pessoas cegas pelo interesse do coração ou pelo paroxismo das dores.

377.

O *direito*, inventado para proteger as sociedades, está estabelecido sobre a igualdade. A sociedade, que não passa de um conjunto de fatos, é baseada na desigualdade. Existe, portanto, um desacordo entre o fato e o direito. A sociedade deve caminhar reprimida ou favorecida pela lei? Em outros termos, a lei deve se opor ao movimento interior social para manter a sociedade ou deve ser feita de acordo com esse movimento para conduzi-la? Desde a existência das sociedades, nenhum legislador ousou tomar para si a tarefa de decidir essa questão. Todos os legisladores se contentaram em analisar os fatos, em indicar os atos censuráveis ou criminosos, vinculando a eles punições ou recompensas. Tal é a lei humana: ela não tem nem os meios de prevenir as faltas, nem os meios de evitar que elas tornem a ocorrer naqueles que ela puniu. A filantropia é um erro sublime, ela atormenta inutilmente o corpo, e não produz o bálsamo que cura a alma. O filantropo elabora projetos, emite ideias, confia a execução delas ao homem, ao silêncio, ao trabalho, às palavras de ordem, a coisas mudas e sem poder. A religião ignora essas imperfeições, porque ela estendeu a vida para além desse mundo. Considerando-nos a todos como decaídos e em um estado de degradação, ela abriu um inesgotável tesouro de indulgência. Estamos todos mais ou menos adiantados em direção à nossa completa regeneração, ninguém é infalível, a Igreja espera as faltas e até mesmo os crimes. Ali, onde a sociedade vê um criminoso a extirpar do seu seio, a Igreja vê uma alma a ser salva. Mais ainda! Inspirada por Deus – que ela estuda e contempla –, a Igreja admite a desigualdade das forças, ela estuda a desproporção dos fardos. Se ela nos acha desiguais no coração, no espírito, na aptidão e no valor, ela nos torna a todos iguais pelo arrependimento. Só aí a igualdade não é mais uma palavra vã, porque nós podemos ser, nós somos todos iguais pelos sentimentos. Desde o fetichismo informe dos selvagens até as graciosas intenções da Grécia, até as profundas e engenhosas doutrinas do Egito e das Índias – traduzidas por cultos risonhos ou terríveis –, existe uma convicção no homem: a da sua queda, do seu pecado, de onde provém em toda parte a ideia dos sacrifícios e do resgate. A morte do Redentor, que resgatou todo o gênero humano, é a imagem daquilo que devemos fazer por nós mesmos. Resgatemos nossas culpas! Resgatemos nossos erros! Resgatemos nossos crimes! Tudo é resgatável, o catolicismo está nessas palavras; daí esses adoráveis sacramentos que ajudam no triunfo da graça e sustentam o pecador.

378.

Amar, chorar, gemer como a Madalena no deserto é apenas o começo, agir é o fim. Os mosteiros choravam e agiam, eles rezavam e civilizavam, eles foram os meios ativos da nossa divina religião. Eles construíram, plantaram, cultivaram a Europa, ao mesmo tempo salvando o tesouro de nossos conhecimentos e o da justiça humana, da política e das artes. Sempre se reconhecerá, na Europa, o lugar desses centros radiosos. A maioria das cidades modernas são filhas de um mosteiro.

379.

Em uma floresta não existe nenhum lugar que não tenha sua significação, nenhuma clareira, nenhuma brenha que não apresente algumas analogias com o labirinto dos pensamentos humanos. Que pessoa – dentre aquelas cujo espírito é cultivado ou cujo coração recebeu algumas feridas – pode passear por uma floresta sem que a floresta lhe fale? Imperceptivelmente, dela se eleva uma voz consoladora ou terrível, mas quase sempre mais consoladora que terrível. Se procurássemos bem as causas da sensação – ao mesmo tempo grave, simples, suave e misteriosa – que se apodera de nós, talvez a encontrássemos no espetáculo engenhoso e sublime de todas essas criaturas obedecendo aos seus destinos e imutavelmente submissas. Cedo ou tarde, o sentimento esmagador da permanência da natureza nos enche o coração, comove-nos profundamente e nos leva para uma ordem de fatos mais elevada do que aquela na qual haviam até então errado as divagações. Enfim, recolhem-se no silêncio desses cumes, no aroma dessas ramagens, nas suaves emanações da relva florida e na serenidade do ar uma espécie de paz, de felicidade, e a certeza de uma augusta clemência.

380.
Eu amo a vida feliz e tranquila dos campos, onde a beneficência é perpétua, onde as qualidades das almas grandes e fortes podem exercitar-se continuamente, onde se descobrem a cada dia, nas produções naturais, razões de admiração, e nos verdadeiros progressos, nos melhoramentos reais, uma ocupação digna do homem. Não ignoro que as grandes ideias engendram grandes ações, mas como essas espécies de ideias são muito raras, acho que normalmente as coisas valem mais do que as ideias. Aquele que fertiliza um pedaço de terra, que aperfeiçoa uma árvore frutífera, que adapta uma planta a um terreno inóspito, está bem acima daqueles que buscam fórmulas para a humanidade.

381.
Tremo quando penso no pavoroso recrutamento de cérebros entregues todos os anos ao Estado pela ambição das

famílias que, colocando tão cruéis estudos no tempo em que o adulto termina os seus diversos crescimentos, deve produzir algumas infelicidades desconhecidas, matando, à luz das lâmpadas, certas faculdades preciosas que mais tarde se desenvolveriam grandes e fortes. As leis da natureza são implacáveis, elas nada cedem aos projetos ou aos desejos da sociedade. Na ordem moral, assim como na ordem natural, todos os abusos são pagos. Os frutos exigidos antes do tempo de uma árvore, em uma estufa, chegam às custas da própria árvore ou da qualidade dos seus produtos. La Quintinie[87] matava laranjeiras para dar a Luís XIV um buquê de flores toda manhã, em qualquer estação. Ocorre o mesmo com as inteligências. A força exigida dos cérebros adultos vai ser descontada do seu futuro.

382.

O Estado – que na França parece, em muitas coisas, querer substituir o poder paterno – não tem entranhas nem paternidade. Ele faz suas experiências *in anima vili*[88]. Ele jamais levantou a horrível estatística dos sofrimentos que causou; ele não se indagou sobre o número de febres cerebrais que são declaradas, nem sobre os desesperos que ir-

---

87 Jean-Baptiste de La Quintinie (1626?-1688), agrônomo e jardineiro francês.

88 "Em uma alma vil", "em um ser sem valor". Na ciência, o termo designa as experiências com animais.

rompem no meio dessa juventude e nem das destruições morais que a dizimam.

383.

Não vemos, olhando para o passado, que a França jamais careceu dos grandes talentos necessários ao Estado – e que hoje o Estado gostaria de fazer eclodir para o seu uso através do processo de Monge[89]? Vauban[90] saiu de uma outra escola que não fosse esta grande escola chamada vocação? Qual foi o preceptor de Riquet[91]? Quando os gênios surgem assim do meio social, impulsionados pela vocação, eles são quase sempre completos. O homem, então, não é somente especial, ele tem o dom da universalidade. Não creio que um engenheiro saído da escola possa jamais construir um desses milagres de arquitetura que sabia erguer Leonardo da Vinci, ao mesmo tempo engenheiro mecânico, arquiteto, pintor, um dos inventores da hidráulica e um infatigável construtor de canais. Configurados, desde a mais tenra idade, pela simplicidade absoluta dos teoremas, os homens saídos da escola perdem o senso da ele-

---

89 Gaspard Monge (1746-1818), célebre matemático francês, fundador da geometria descritiva.

90 Sébastien Le Prestre de Vauban (1633-1707), marechal da França e engenheiro militar especializado em fortificações.

91 Barão Riquet de Bonrepos (1604-1680), engenheiro autodidata francês que construiu o célebre Canal do Midi.

gância e do ornamento. Uma coluna lhes parece inútil; eles retornam ao ponto em que a arte começa.

384.

O abuso é constantemente mais forte, na França, do que o melhoramento.

385.

Que imenso talento as escolas produziram depois de 1790? Sem Napoleão, Cachin[92], o homem de gênio a quem se deve Cherbourg, teria existido? O despotismo imperial o distinguiu, o regime constitucional o teria sufocado. A Academia de Ciências conta com muitos homens saídos das escolas especiais? Talvez existam nela uns dois ou três! O homem de gênio se revelará sempre fora das escolas especiais. Nas ciências das quais se ocupam essas escolas, o gênio só obedece às suas próprias leis, ele só se desenvolve através de algumas circunstâncias sobre as quais o homem nada pode: nem o Estado nem a ciência do homem – a antropologia – as conhecem. Riquet, Perronet, Leonardo da Vinci, Cachin, Paládio, Brunelleschi, Michelangelo, Bramante, Vauban e Vicat[93] devem seu gênio a causas inobservadas e preparatórias,

---

92 Joseph-Marie-François Cachin (1757-1825), engenheiro francês responsável pela construção do porto de Cherbourg.

93 Todos esses personagens são mencionados na condição de engenheiros e arquitetos.

às quais damos o nome de acaso, a grande palavra dos tolos. Nunca, com ou sem escolas, esses sublimes operários faltaram ao seu século.

386.
Onde está, pois, o progresso? O Estado e o homem perdem seguramente no sistema atual. Uma experiência de meio século não reclama mudanças na organização da instituição? Que sacerdócio constitui a obrigação de selecionar na França, dentre toda uma geração, os homens destinados a serem a parcela erudita da nação? Que estudos não deveriam ter feito esses sumo sacerdotes da sorte? Os conhecimentos matemáticos talvez não lhes sejam tão necessários quanto os conhecimentos fisiológicos. Não lhes seria necessária um pouco desta segunda visão, que é a feitiçaria dos grandes homens? Os examinadores são professores antigos, homens honoráveis, envelhecidos no trabalho, cuja missão se limita a buscar as melhores dissertações. Eles não podem fazer nada além daquilo que lhes é solicitado. Certamente, suas funções deveriam ser as maiores do Estado e requerem homens extraordinários.

387.
O *concurso* é uma invenção moderna, essencialmente ruim, e ruim não somente na ciência, mas também em toda parte onde ele é utilizado – nas artes, em toda eleição de homens, de projetos ou de coisas. Se é lamentável para as nossas célebres escolas não terem produzido mais

pessoas superiores do que teria feito qualquer outra reunião de jovens, é ainda mais vergonhoso que os primeiros grandes prêmios do Instituto não tenham fornecido nem um grande pintor, nem um grande músico, nem um grande arquiteto e nem um grande escultor; do mesmo modo como, nos últimos vinte anos, a eleição – em sua maré de mediocridades – não conduziu ao poder um único grande estadista.

388.
Existe um erro que vicia, na França, a educação e a política. Esse erro cruel se assenta no seguinte princípio, que os organizadores ignoraram: *Nada, nem na experiência e nem na natureza das coisas, pode dar a certeza de que as qualidades intelectuais do adulto serão as mesmas do homem feito.*

389.
Todo o nosso sistema de instrução pública exige um vasto remanejamento, que deverá ser presidido por um homem de um profundo saber, com uma vontade poderosa e dotado desse gênio legislativo que talvez só tenha sido encontrado, entre os modernos, na cabeça de Jean-Jacques Rousseau. Talvez uma redução de disciplinas devesse ser empregada no ensino elementar, tão necessário aos povos. Nós não temos professores bastante pacientes e devotados para manejar essas massas. A quantidade deplorável de delitos e de crimes acusa uma chaga social cuja fonte está nessa meia instrução dada ao povo, que tende a destruir os laços sociais

ao fazê-lo refletir bastante para que ele abandone as crenças religiosas favoráveis ao poder, mas não o suficiente para que ele se eleve à teoria da obediência e do dever – que é o derradeiro termo da filosofia transcendental. É impossível fazer que toda uma nação estude Kant; desse modo, a crença e o hábito valeriam mais para os povos do que o estudo e o raciocínio.

390.

Os sansimonistas[94], a despeito dos seus erros, tocaram em vários pontos dolorosos, que só serão remediados por alguns paliativos insuficientes e que não farão senão adiar, na França, uma grande crise moral e política.

391.

A França, país demasiado eloquente para não ser tagarela e muito cheio de vaidade para que os seus verdadeiros talentos sejam reconhecidos, é – apesar do sublime bom senso da sua língua e das suas massas – o último lugar onde o sistema de duas assembleias deliberativas poderia ser admitido. Pelo menos, os inconvenientes de nosso caráter deveriam ser combatidos pelas admiráveis restrições que a experiência de Napoleão havia oposto a eles. Esse sistema ainda pode funcionar em um país cuja ação está circunscrita pela

---

94 Adeptos do sistema político-religioso elaborado pelo conde de Saint-Simon (1760-1825), considerado um dos precursores do moderno socialismo.

natureza do solo, como na Inglaterra. Porém, o direito de primogenitura aplicado à transmissão da terra é sempre necessário e, quando esse direito é suprimido, o sistema representativo torna-se uma loucura. A Inglaterra deve sua existência à lei semifeudal que atribui as terras e a moradia da família aos primogênitos. A Rússia está assentada sobre o direito feudal da autocracia. Desse modo, essas duas nações estão hoje em dia em uma espantosa trilha de progresso. A Áustria só pôde resistir às nossas invasões e recomeçar a guerra contra Napoleão em virtude desse direito de primogenitura que conserva atuantes as forças da família e mantém as grandes produções necessárias ao Estado. A casa de Bourbon, sentindo-se decair para a terceira posição na Europa, por culpa do liberalismo, quis manter-se no seu lugar, e o país derrubou-a no mesmo momento em que ela salvava o país. Não sei até onde nos fará descer o sistema atual.

392.

O capítulo das sucessões do Código Civil que ordena a partilha por igual dos bens é o pilão cujo perpétuo movimento esmigalha o território, individualiza as fortunas ao tirar-lhes uma estabilidade necessária e que, decompondo sem nunca recompor, acabará por matar a França. A Revolução Francesa emitiu um vírus destrutivo ao qual as jornadas de julho[95] vieram transmitir uma nova

---

95 Balzac refere-se à revolução liberal que, em 1830, depôs o rei Carlos X e colocou no trono Luís Filipe de Orleans.

atividade. Esse princípio morbífico é o acesso do camponês à propriedade. Se o capítulo das sucessões é o princípio do mal, o camponês é o seu meio. O camponês não devolve nada daquilo que ele conquistou. Uma vez que essa classe tenha apanhado um pedaço de terra na sua goela sempre aberta, ela a subdivide até que só reste espaço para três sulcos de arado, e ainda assim ela não se detém! Ela partilha os três sulcos pela sua largura. O valor insensato que o camponês dá às menores parcelas de terreno torna impossível a recomposição da propriedade. Os procedimentos da justiça e o direito são anulados por essa divisão, a propriedade torna-se um contrassenso. Existem propriedades que rendem quinze, vinte e cinco centavos! E chegamos assim a ver expirar o poder do fisco e da lei sobre parcelas que tornam impossíveis suas disposições mais sábias.

393.

Hoje em dia, como antigamente, as mediocridades invejosas deixam morrer de miséria os pensadores, os grandes médicos políticos que estudaram as chagas da França e que se opõem ao espírito do seu século. Se eles resistem à miséria, são ridicularizados, ou então são tratados como sonhadores. Na França, as pessoas se revoltam na ordem moral contra o grande homem do futuro, assim como se revoltam na ordem política contra o soberano e a autoridade.

394.

Antigamente, os sofistas falavam a um pequeno número de homens. Hoje em dia, a imprensa periódica permite que eles desvirtuem toda uma nação, e a imprensa que defende o bom senso não tem eco!

395.

Certamente, Cromwell foi um grande legislador. Ele sozinho produziu a Inglaterra atual, inventando o *ato de navegação* que tornou os ingleses inimigos de todas as outras nações, que inoculou neles um feroz orgulho, seu ponto de apoio. Porém, apesar da sua cidadela de Malta, se a França e a Rússia compreenderem o papel do Mar Negro e do Mediterrâneo, um dia, a rota da Ásia pelo Egito ou pelo Eufrates, regularizada por meio de novas descobertas, matará a Inglaterra, assim como outrora a descoberta do Cabo da Boa Esperança matou Veneza.

396.

Os povos unidos por uma fé qualquer levarão sempre vantagem sobre os povos sem crença. A lei do interesse geral, que engendra o patriotismo, é imediatamente destruída pela lei do interesse particular, que ela autoriza e que engendra o egoísmo. Só existe de sólido e de durável aquilo que é natural, e a coisa natural na política é a família. A família deve ser o ponto de partida de todas as instituições.

397.

Um efeito universal demonstra uma causa universal. E o mal que se assinala em toda parte provém do próprio princípio social, que está sem força, porque ele tomou o livre-arbítrio como base, e livre-arbítrio é o pai do individualismo. Fazer que a felicidade dependa da segurança, da inteligência e da capacidade de todos não é tão sábio quanto fazer que a felicidade dependa da segurança, da inteligência das instituições e da capacidade de um só. Encontra-se mais facilmente a sabedoria em um homem do que em toda uma nação. Os povos têm um coração e não têm olhos, eles sentem e não veem. Os governos devem ver e jamais se deixarem determinar pelos sentimentos. Há, portanto, uma evidente contradição entre os primeiros movimentos das massas e a ação do poder que deve determinar a sua força e a sua unidade. Encontrar um grande príncipe é um produto do acaso, dizem. Reconheço isso, mas se fiar em uma assembleia qualquer, mesmo que ela seja composta de pessoas honestas, é uma loucura.

398.

A gente do campo, do mesmo modo que os selvagens, passa espontaneamente, com uma rapidez natural, do sentimento à ação. Nisso talvez consista toda a diferença que separa o homem da natureza do homem civilizado. O selvagem tem apenas sentimentos, o homem civilizado tem sentimentos e ideias. Desse modo, entre os selvagens, o cérebro recebe, por assim dizer, poucas impressões. Ele pertence por inteiro ao sentimento que o invade; enquanto, no homem civilizado, as ideias descem para o coração que elas transformam. Esse último tem mil interesses, vários sentimentos, enquanto o selvagem só admite uma ideia de cada vez. Eis aí a causa da superioridade momentânea da criança sobre os seus pais, e que cessa com a satisfação do desejo, enquanto no homem próximo da natureza essa causa é contínua.

399.
O moralista não poderia negar que geralmente as pessoas bem-educadas e muito viciosas sejam muito mais amáveis do que as pessoas virtuosas. Tendo crimes a resgatar, elas solicitam antecipadamente a indulgência, mostrando-se condescendentes com os defeitos dos seus juízes, e são consideradas excelentes. Embora exista gente encantadora entre as pessoas virtuosas, a virtude acredita-se bastante bela por si para se dispensar de fazer despesas. Além disso, as pessoas realmente virtuosas (porque é preciso subtrair os hipócritas) têm, quase todas, leves suspeitas quanto à sua situação. Elas acreditam estar sendo tapeadas no grande mercado da vida e dizem palavras azedas, do mesmo modo que as pessoas que se julgam menosprezadas.

400.
Os sentimentos nobres levados ao absoluto produzem resultados semelhantes aos dos maiores vícios. Bonaparte tornou-se o *imperador* por ter metralhado o povo a dois pas-

sos do lugar onde Luís XVI perdeu a monarquia, e a cabeça, por não ter deixado correr o sangue de um Sauce[96].

401.

A crença nas ciências ocultas está bem mais espalhada do que imaginam os sábios, os advogados, os notários, os médicos, os magistrados e os filósofos. O povo tem instintos indeléveis. Dentre esses instintos, aquele que se denomina tão tolamente de superstição está tanto no sangue do povo quanto no espírito das pessoas superiores. Mais de um estadista consulta, em Paris, as cartomantes. Para os incrédulos, a astrologia judiciária (aliança de palavras excessivamente bizarra) não é senão a exploração de um sentimento inato, e um dos mais fortes de nossa natureza: a curiosidade. Os incrédulos negam completamente, portanto, as relações que a adivinhação estabelece entre o destino humano e a configuração que dele se obtém por intermédio dos sete ou oito meios principais que compõem a astrologia judiciária. Porém, ocorre com as ciências ocultas o mesmo que com tantos efeitos naturais rechaçados

---

96 Referência ao célebre episódio denominado "Noite de Varennes" (de 21 para 22 de junho de 1791), quando Luís XVI e sua família foram detidos ao tentar fugir. No trajeto da fuga, o rei e sua comitiva foram interceptados pelo procurador-síndico da cidade de Varennes, Jean-Baptiste Sauce, que os obrigou a apearem e acolheu a família real em sua casa, de onde todos foram levados de volta a Paris.

pelos espíritos fortes[97] ou pelos filósofos materialistas (ou seja, por aqueles que se atêm unicamente aos fatos visíveis, sólidos, aos resultados da retorta ou das balanças da física e da química modernas): essas ciências subsistem, elas continuam – sem progressos, aliás, porque nos últimos dois séculos o seu cultivo foi abandonado pelos espíritos de elite. Não considerando senão o aspecto possível da adivinhação, crer que os acontecimentos anteriores da vida de um homem, que os segredos conhecidos somente por ele podem ser imediatamente representados por algumas cartas que ele embaralha, que ele corta e que o horoscopista divide em montinhos segundo leis misteriosas, é um absurdo. Era o absurdo, porém, que condenava o vapor, que condena ainda a navegação aérea, que condenava as invenções da pólvora e da imprensa, a das lunetas, da gravura e da última grande descoberta: a daguerreotipia[98]. Se alguém tivesse ido dizer a Napoleão que um edifício e que um homem estão incessantemente e a toda hora representados por uma imagem na atmosfera, e que todos os objetos nela existentes têm um espectro apreensível, perceptível, ele teria trancado esse homem em Charen-

---

97 Na França, denominava-se de "espírito forte" o indivíduo que se propunha a pensar por conta própria, questionando e rejeitando os valores estabelecidos (especialmente em matéria de religião). Trata-se quase sempre de um termo pejorativo.

98 Processo arcaico de fotografia sobre placas de cobre, inventado pelo francês Louis Daguerre (1787-1851).

ton⁹⁹, assim como Richelieu prendeu Salomon de Caux¹⁰⁰ em Bicêtre¹⁰¹ quando o mártir normando lhe trouxe a imensa conquista da navegação a vapor. E foi isso, no entanto, que Daguerre provou com a sua descoberta. Pois bem! Se Deus imprimiu, para alguns olhos clarividentes, o destino de cada homem na sua fisionomia, tomando essa palavra como a expressão total do corpo, por que a mão não resumiria a fisionomia, já que a mão é a ação humana por inteiro e seu único meio de manifestação? Daí, a quiromancia. A sociedade não imita Deus? Predizer a um homem os acontecimentos da sua vida pelo aspecto da sua mão não é um fato mais extraordinário – para aquele que recebeu as faculdades de vidente – que o fato de dizer a um soldado que ele lutará, a um advogado que ele falará, a um sapateiro que ele fará sapatos ou botas, a um agricultor que ele adubará a terra e a semeará. Selecionemos um exemplo impressionante. O gênio é de tal modo visível no homem que, ao passear por Paris, as pessoas mais ignorantes adivinham um grande artista quando ele passa¹⁰². É como um sol moral cujos raios colorem tudo à sua passagem. Um imbecil não pode ser reconhecido imediatamente pelas impressões contrárias àquelas que são produzidas pelo homem de gênio? Um homem

---

99 Célebre hospício que se localizava na cidade francesa de Charenton-le-Pont.

100 Engenheiro, físico e inventor francês (1576-1626).

101 Célebre asilo que acolhia os velhos e os alienados mentais.

102 Possivelmente pela aparência extravagante e desleixada, célebre nos artistas.

comum passa quase despercebido. A maioria dos observadores da natureza social e parisiense pode dizer a profissão de um transeunte ao vê-lo passar. Hoje em dia, os mistérios do sabá, tantas vezes retratados pelos pintores do século XVI, não são mais mistérios. Os egípcios ou boêmios[103] – essa estranha nação, vinda das Índias – faziam muito singelamente com que os seus clientes ingerissem haxixe. Os fenômenos produzidos por essa conserva explicam perfeitamente a cavalgada sobre as vassouras, a fuga pelas chaminés, as *visões reais* – por assim dizer – das velhas transformadas em moças, as danças furiosas e as deliciosas músicas que compunham as fantasias dos pretensos adoradores do diabo. Atualmente, são tantos os fatos reconhecidos, autênticos, oriundos das ciências ocultas que um dia essas ciências serão ensinadas como se ensina a química e a astronomia. É mesmo singular que se tenham criado em Paris cátedras de eslavo, de manchu, cátedras de literaturas tão pouco *ensináveis* quanto as literaturas do Norte – que, em vez de fornecerem lições, deveriam recebê-las, e cujos titulares repetem eternos artigos sobre Shakespeare ou sobre o século XVI – e que não se tenha reconstituído, sob o nome de antropologia, o ensino da filosofia oculta, uma das glórias da antiga Universidade. Nisso, a Alemanha – esse país ao mesmo tempo tão grande e tão criança – antecipou-se à França, porque lá se ensina essa ciência, bem mais útil que as diferentes filosofias, que são todas a mesma coisa. Que certos

---

103 Balzac está falando dos ciganos, cuja origem continua sendo nebulosa.

seres percebam os fatos que estão por vir no embrião das causas – assim como o grande inventor percebe uma indústria, uma ciência, em um efeito natural despercebido pelo vulgo – não é mais uma dessas violentas exceções que causam alarde, é o efeito de uma faculdade reconhecida e que seria de alguma maneira o sonambulismo do espírito. Se, portanto, essa proposição, sobre a qual repousam as diferentes maneiras de decifrar o futuro, parece absurda, o fato está aí. Observem que predizer os grandes acontecimentos do futuro não é, para o vidente, um esforço mais extraordinário do que o de adivinhar o passado. O passado e o futuro são igualmente impossíveis de saber, no sistema dos incrédulos. Se os acontecimentos realizados deixaram vestígios, é verossímil imaginar que os acontecimentos por vir tenham suas raízes. A partir do momento em que um *leitor da sorte* vos explica minuciosamente os fatos que só vós conheceis, em vossa vida anterior, ele pode vos dizer os acontecimentos que serão produzidos pelas causas existentes. O mundo moral é talhado, por assim dizer, pelo padrão do mundo natural; os mesmos efeitos devem ser encontrados nele com as diferenças próprias aos seus diversos meios. Assim, do mesmo modo que os corpos se projetam realmente na atmosfera – deixando subsistir nela esse espectro apreendido pelo daguerreótipo, que o detém em sua passagem –, as ideias, criações reais e atuantes, imprimem-se naquilo que é necessário chamar de atmosfera do mundo espiritual, produzindo nela alguns efeitos, nela vivem *espectralmente* (porque é necessário forjar palavras para exprimir fenômenos inominados), e a partir daí algumas criaturas dotadas de raras faculdades podem perfeitamente perceber essas formas ou esses traços de ideias. Quanto aos meios utilizados para chegar às *visões*, eis aí o maravilhoso mais explicável, a partir do momento que a mão do consulente dispõe os objetos com a ajuda dos quais se fazem representar para ele os acasos da sua vida. Com efeito, tudo se encadeia no mundo real. Nele, todo movimento corresponde a uma causa, toda causa se vincula ao conjunto e, consequentemente, o conjunto está representado no menor movimento. Rabelais, o maior espírito da humanidade moderna, esse homem que resumiu Pitágoras, Hipócrates, Aristófanes e Dante, disse, faz agora três séculos: "O homem é um microcosmo". Três séculos depois, Swedenborg[104], o grande profeta sueco, dizia que a terra era um homem. O profeta e o precursor da incredulidade encontraram-se assim na maior das fórmulas. Tudo é fatal na vida humana, assim como na vida de nosso planeta. Os menores acidentes, os mais fúteis, estão subordinados a isso. Nas grandes coisas, os grandes desígnios, os grandes pensamentos, refletem-se necessariamente nas menores ações, e com tanta fidelidade que se algum conspirador mistura e corta um baralho ele escreverá nele o segredo de sua conspiração para o vidente chamado de boêmio, leitor da sorte, charlatão etc. A partir do

---

104 Emmanuel Swedenborg (1688-1772), cientista, filósofo e teólogo sueco, autor de diversas obras nas quais interpreta de modo bastante místico a doutrina cristã. Como Rabelais, viveu no século XVI, o início correto desta frase seria: "Dois séculos depois".

momento que se admite a fatalidade, ou seja, o encadeamento das causas, a astrologia judiciária existe e se torna aquilo que ela foi outrora, uma ciência imensa, porque ela compreende a faculdade de dedução, que fez Cuvier[105] tão grande, mas espontânea, em vez de ser, como na obra desse belo gênio, exercida nas noites estudiosas de seu gabinete.

402.

A astrologia judiciária, a adivinhação, reinou durante sete séculos não como hoje sobre a gente do povo, mas sobre as maiores inteligências, sobre os soberanos, sobre as rainhas, sobre os ricos. Uma das maiores ciências da Antiguidade, o magnetismo animal, originou-se das ciências ocultas, assim como a química é originária dos fornos dos alquimistas. A craniologia, a fisionomia e a neurologia são igualmente oriundas delas, e os ilustres criadores dessas ciências, aparentemente novas, cometeram apenas um erro – o de todos os inventores –, que consiste em sistematizar de forma absoluta alguns fatos isolados, cuja causa geradora ainda foge à análise.

403.

O povo e, sobretudo, as mulheres são atraídos pelo misterioso poder daqueles que podem erguer o véu do futuro. Eles vão comprar neles a esperança, a coragem, a força – ou seja, aquilo que só a religião pode dar. Assim, essa ciên-

---

105 Trata-se do barão Cuvier (1769-1832), célebre naturalista francês que fundou a anatomia e a paleontologia comparativas.

cia não é praticada sem alguns riscos. Hoje em dia, os feiticeiros, preservados de qualquer suplício pela tolerância devida aos enciclopedistas do século XVIII, não são mais puníveis, a não ser pela polícia correcional, e somente no caso de eles se entregarem a manobras fraudulentas, quando eles assustam seus clientes com o objetivo de extorquir dinheiro, o que constitui uma trapaça – porque infelizmente a trapaça e muitas vezes o crime acompanham o exercício dessa sublime faculdade. E eis por quê: os dons admiráveis que fazem o vidente são encontrados comumente nas pessoas às quais é concedido o epíteto de brutos. Esses brutos são os recipientes escolhidos onde Deus pôs os elixires que surpreendem a humanidade. Esses brutos se tornam os profetas, os santos; os videntes; os Pedros, o Eremita[106]; as Joanas d'Arc. Todas as vezes em que o pensamento fica na sua totalidade, permanece em bloco, não é gasto em conversas, em intrigas, em obras de literatura, em trabalhos científicos, em esforços administrativos, em concepções de inventor, em planos estratégicos, ele está apto a lançar chamas de uma prodigiosa intensidade, contidas assim como o diamante bruto guarda o brilho de suas facetas. Mas que venha uma circunstância! Essa inteligência se acende, ela tem asas para transpor as distâncias, olhos divinos para tudo ver. Ontem, era um carvão; no dia seguinte, sob a ação do fluido desconhecido que a atravessa, é um diamante que irradia. As pessoas superiores, gastas

---

106 Religioso francês (1050-1115) cujas pregações deflagraram a Primeira Cruzada.

em todas as facetas de sua inteligência, nunca podem – a não ser por algum desses milagres a que Deus se permite algumas vezes – oferecer essa potência suprema. Assim, os adivinhos e as adivinhas são quase sempre mendigos ou mendigas com espíritos virgens, seres de aparência grosseira, seixos rolados nas torrentes da miséria, nas margens da vida, onde eles não despenderam senão sofrimentos físicos. O profeta, o vidente, é finalmente Martin, o lavrador que fez Luís XVIII tremer, ao lhe dizer um segredo que só o rei podia saber. É uma senhorita Lenormand, um pastor vivendo com animais de chifres, uma negra quase idiota, um faquir sentado à beira de um pagode e que, matando a carne, faz que o espírito alcance toda a potência desconhecida das faculdades sonambulescas. É na Ásia que, em todos os tempos, foram encontrados os heróis das ciências ocultas. Muitas vezes, então, essas pessoas que, no estado ordinário, continuam a ser aquilo que são – porque elas preenchem, de alguma maneira, as funções físicas e químicas dos corpos condutores da eletricidade, alternadamente metais inertes ou canais cheios de fluidos misteriosos – voltando a ser elas mesmas, entregam-se a práticas, a cálculos que as levam para a polícia correcional e, às vezes, até mesmo para o tribunal e para o presídio.

404.

O jovem advogado sem causas e o jovem médico sem clientes são as duas maiores expressões do desespero decente, peculiar à cidade de Paris. Esse desespero mudo e frio, vestido com paletó e calça pretos, com costuras esbranquiçadas que lembram o zinco da mansarda, com um colete de cetim brilhante, com um chapéu santamente arranjado, velhas luvas e camisas de pano. É um poema de tristeza, sombrio como as solitárias da Conciergerie[107]. As outras misérias, as do poeta, do artista, do ator, do músico, são alegradas pelas jovialidades naturais às artes e pela despreocupação da boemia onde primeiramente se entra e que conduz às tebaidas do gênio! Porém, essas duas roupas pretas que vão a pé, levadas por duas profissões para as quais tudo é chaga, a quem a humanidade só mostra os seus aspectos vergonhosos, esses dois homens têm, nas humilhações do início, expressões sinistras, provocadoras, onde o ódio e a ambição concentrados jorram pelos olhares semelhantes aos primeiros esforços de um incêndio latente. Quando dois amigos de colégio se encontram, com vinte anos de distância, o rico evita então seu camarada pobre, ele não o reconhece e se espanta com os abismos que o destino abriu entre eles. Um percorreu a vida em cima dos cavalos fogosos da fortuna ou sobre as nuvens douradas do sucesso; o outro caminhou subterraneamente nos esgotos parisienses e traz os estigmas disso.

405.
Por alguns momentos o parisiense é refratário ao sucesso. Cansado de erguer pedestais, ele fica amuado como as crianças mimadas e não quer mais ídolos; ou, para ser ver-

---

107 Prisão parisiense que adquiriu uma triste fama durante o Terror, especialmente por ter sido o lugar de detenção de Maria Antonieta.

dadeiro, as pessoas de talento às vezes falham em seus compromissos. A ganga de onde se extrai o gênio tem suas lacunas. O parisiense, então, fica recalcitrante, porque ele nem sempre quer dourar ou adorar as mediocridades.

406.

O aviltamento das palavras é uma dessas excentricidades de costumes que, para ser explicada, exigiria alguns volumes. Escrevam para um advogado qualificando-o como *homem de lei*, e vocês o terão ofendido tanto quanto ofenderiam um negociante atacadista de produtos coloniais para quem vocês endereçassem assim uma carta: "Senhor fulano, merceeiro". Um número bastante grande de pessoas mundanas que deveriam saber – já que essa é toda a sua ciência – esses refinamentos do *savoir-vivre* ignora também que a qualificação de *homem de letras* é a mais cruel injúria que se pode fazer a um autor. A palavra *monsieur*[108] é o maior exemplo da vida e da morte das palavras. *Monsieur* quer dizer *monsenhor*. Esse título, outrora tão considerável, ainda reservado aos reis pela transformação de *sieur* em *sire*, é dado a todo mundo. E, no entanto, *messire*, que nada mais é do que o duplo da palavra *monsieur* e seu equivalente, provoca artigos nos jornais republicanos quando, por acaso, se acha colocada em um aviso de enterro. Magistrados, conselheiros, jurisconsultos, juízes, advogados, oficiais ministeriais, promoto-

---

108 Forma de tratamento equivalente a "senhor" ou "cavalheiro". Conservamos o original para que a explicação de Balzac não perca o sentido.

res, oficiais de justiça, conselhos, procuradores, despachantes e defensores são as variedades sob as quais se classificam as pessoas que fazem a justiça ou que trabalham com ela. As duas últimas dignidades dessa escala são o *beleguim* e o *homem de lei*. O beleguim, vulgarmente chamado de esbirro, é homem de justiça por acaso; ele está ali para auxiliar na execução das sentenças – é, para os assuntos cíveis, um carrasco de ocasião. Quanto ao homem de lei, é a injúria peculiar à profissão. Ele é para a justiça aquilo que o homem de letras é para a literatura. Em todas as profissões, na França, a rivalidade que as devora encontrou termos de difamação. Cada condição tem o seu insulto. De resto, o desprezo que atinge as palavras *homem de letras* e *homem de lei* interrompe-se no plural. Diz-se muito bem, sem ferir ninguém, *os homens de letras, os homens de lei*. Porém, em Paris, cada profissão tem os seus últimos da classe, indivíduos que colocam o ofício em pé de igualdade com a prática das ruas, com o povo. Assim, o *homem de lei*, o pequeno despachante, existe ainda em certos bairros, assim como ainda se encontra na praça do mercado o agiota que cobra juros absurdos, que é para a alta banca aquilo que o ínfimo despachante é para a companhia dos procuradores. Coisa estranha! A gente do povo tem medo dos oficiais ministeriais como tem medo dos restaurantes da moda. Eles se dirigem aos despachantes assim como vão beber no cabaré. A arraia-miúda é a lei geral das diferentes esferas sociais. São só as naturezas de elite que gostam de galgar as alturas, que não suportam se verem na presença de seus superiores, que se impõem como Beaumarchais ao deixar cair o relógio de um grão-senhor que tentava humilhá-lo. Porém, também esses novos-ricos que sabem fazer desaparecer assim os seus cueiros são exceções grandiosas.

407.

A música moderna, que quer uma paz profunda, é a língua das almas ternas, amorosas, propensas a uma nobre exaltação interior. Essa língua, mil vezes mais rica que a das palavras, é para a linguagem aquilo que o pensamento é para a palavra. Ela desperta as sensações e as ideias sob a sua própria forma, lá onde nascem em nós as ideias e as sensações, mas deixando que elas sejam o que são em cada um. Esse poder sobre o nosso interior é uma das grandezas da música. As outras artes impõem ao espírito criações definidas; a música é infinita nas suas. Nós somos obrigados a aceitar as ideias do poeta, o quadro do pintor, a estátua do escultor, mas cada um de nós interpreta a música ao sabor da sua dor ou da sua alegria, das suas esperanças ou do seu desespero. Onde as outras artes limitam os nossos pensamentos, fixando-os sobre alguma coisa determinada, a música os desencadeia sobre toda a natureza, que ela tem o poder de exprimir para nós.

408.

Na língua musical, pintar é despertar através dos sons certas lembranças em nosso coração ou certas imagens em nossa inteligência. E essas lembranças, essas imagens têm a sua cor, elas são tristes ou alegres. Cada instrumento tem a sua missão e direciona-se a certas ideias, assim como cada cor corresponde em nós a determinados sentimentos. Contemplando alguns arabescos de ouro sobre um fundo azul, tendes vós os mesmos pensamentos que despertam em vós alguns arabescos vermelhos sobre um fundo preto ou verde? Tanto em uma quanto na outra pintura não existe nenhuma figura, nenhum sentimento expresso, é a arte pura, e, no entanto, nenhuma alma permanecerá fria ao olhar para elas. O oboé não tem o poder de despertar imagens campestres sobre todos os espíritos, assim como quase todos os instrumentos de sopro? Os metais não têm um não sei quê de guerreiro, não desenvolvem em nós algumas sensações animadas e um tanto furiosas? As cordas – cuja substância é extraída dos seres organizados – não atacam as fibras mais delicadas da nossa organização, não vão no fundo de nosso coração? Quando se fala das cores sombrias, do frio das notas utilizadas em certas composições musicais, fala-se a verdade, tanto quanto um crítico literário pode estar ao nos falar da cor de um determinado escritor. Não se reconhece o estilo nervoso, o estilo pálido, o estilo animado, o estilo colorido? A arte pinta com as palavras, com os sons, com as cores, com as linhas e com as formas. Se esses meios são diversos, os efeitos são os mesmos.

409.

Existem duas músicas: uma pequena, mesquinha, de segunda ordem, em toda parte semelhante a si mesma, que se assenta sobre uma centena de frases das quais cada músico se apropria e que constitui uma tagarelice mais ou menos agradável da qual vive a maior parte dos compositores. Escutam-se os seus cantos, suas pretensas melodias, tem-se mais ou menos prazer, mas delas não fica absolutamente nada na memória. Cem anos se passam e elas estão esquecidas. Os povos, desde a Antiguidade até os nossos dias, guardaram como um precioso tesouro alguns cantos que resumem seus costumes e seus hábitos, eu diria que quase a sua história. Escutai um desses cantos nacionais (e o canto gregoriano recolheu a herança dos povos anteriores nesse gênero), e vós caireis em divagações profundas. Desdobram-se em vossa alma coisas inusitadas, imensas, apesar da simplicidade desses rudimentos, dessas ruínas musicais. Pois bem! Existem em cada século um ou dois homens de gênio, não mais, os Homeros da música, aos quais Deus deu o poder de antecipar os tempos e que formulam essas melodias repletas de feitos realizados, prenhes de poemas imensos, porque é necessário deter-se neste pensamento profundo ou voltar-se a ele: é a melodia, e não a harmonia, que atravessa triunfalmente as eras.

410.

Um artista que tem a infelicidade de estar cheio da paixão que ele quer expressar não poderia pintá-la, porque ele é a própria coisa em vez de ser a imagem dela. A arte procede do cérebro e não do coração. Quando o vosso tema vos domina, vós sois o escravo dele e não o senhor. Vós sois como um rei sitiado pelo seu povo. Sentir muito vivamente no momento que se trata de executar é a insurreição dos sentidos contra a aptidão!

411.
Os magistrados são muito infelizes por serem obrigados a suspeitar de tudo, a tudo conceber. De tanto suporem más intenções e de compreendê-las todas para chegarem às verdades ocultas sob as ações mais contraditórias, é impossível que o exercício do seu medonho sacerdócio não seque, com o passar do tempo, a fonte das emoções generosas que eles são constrangidos a pôr em dúvida. Se os sentidos do cirurgião que vai investigando os mistérios do corpo terminam por ficar embotados, o que acontece com a consciência do juiz obrigado a investigar incessantemente os recônditos da alma? Primeiros mártires da sua missão, os magistrados andam sempre de luto pelas suas ilusões perdidas e o crime não pesa menos sobre eles do que sobre os criminosos. Um velho sentado em um tribunal é sublime; porém, um jovem juiz não faz tremer?

412.
Existem alguns homens aos quais Deus dá o desgraçado poder de saírem todos os dias triunfantes de um horrível combate contra algum monstro desconhecido. Se, durante um momento, Deus lhes retira sua mão poderosa, eles sucumbem.

413.
Da última casa do Faubourg Saint-Germain à última mansão da rua Saint-Lazare, entre a colina do Luxembourg e a de Montmartre, tudo aquilo que, em Paris, se veste e tagarela, se veste para sair e sai para tagarelar, todo esse mundo de pequenas e grandes aparências, esse mundo

vestido de impertinência e folheado de humildes desejos, de inveja e de adulação, tudo aquilo que é dourado e desdourado, jovem e velho, nobre de ontem ou nobre do século IV, tudo aquilo que zomba de um novo rico, tudo aquilo que tem medo de se comprometer, tudo aquilo que quer demolir um poder (sob a condição de adorá-lo, se ele resiste); todos esses ouvidos escutam, todas essas línguas dizem e todas essas inteligências sabem, em uma única tarde, onde nasceu, onde cresceu, aquilo que fez ou não fez o recém-chegado pretendente às honras nesse mundo. Se não existe tribunal de justiça para a alta sociedade, ela encontra o mais cruel de todos os promotores públicos, um ser moral, intangível, ao mesmo tempo juiz e carrasco: ele acusa e ele marca. Não esperem esconder algo dele, digam-lhe tudo por vocês mesmos, ele tudo quer saber e tudo sabe. Não perguntem onde está o telégrafo desconhecido que lhe transmite na mesma hora, em uma piscada de olhos, em todos os lugares, uma história, um escândalo, uma novidade; não perguntem quem o aciona. Esse telégrafo é um mistério social. Um observador não pode mais do que constatar os seus efeitos. Existem incríveis exemplos disso, e um único basta. O assassinato do duque de Berry, ferido na *Ópera*, foi contado, no décimo minuto que se seguiu ao crime, no fundo da ilha Saint-Louis[109].

---

109 Esta pequena ilha, que fica situada nas proximidades da Catedral de Notre Dame, em Paris, surgiu da união de duas ilhotas, sendo urbanizada e transformada em um rico bairro residencial no início do século XVIII.

414.
A delicadeza que é sempre bem-sucedida talvez seja a maior de todas as forças.

415.
Quase todos os jovens têm um compasso com o qual eles gostam de medir o futuro; quando a sua vontade se harmoniza com a ousadia do ângulo que eles abrem, o mundo é deles. Porém, esse fenômeno da vida moral só ocorre em uma certa idade. Essa idade, que para todos os homens se encontra entre os 22 e os 28 anos, é a dos grandes pensamentos, a idade das concepções primeiras, porque é a idade dos imensos desejos, a idade em que não se duvida de nada: quem diz dúvida, diz impotência. Depois dessa idade rápida como uma semeadura vem a da execução. Existem de alguma maneira duas juventudes: a juventude durante a qual se crê e a juventude durante a qual se age; muitas vezes elas se confundem nos homens que foram favorecidos pela natureza e que são, como César, Newton e Bonaparte, os maiores dentre os grandes homens.

416.
Proclama-se, geralmente, que é um paradoxo quando os sábios, tocados por um erro histórico, tentam consertá-lo. Porém, para qualquer um que estude a fundo a história moderna, é certo que os historiadores são mentirosos privilegiados, que emprestam suas penas às crenças populares, absolutamente como a maioria dos jornais de hoje em dia não expressam senão as opiniões dos seus leitores. A

independência histórica brilhou muito menos entre os leigos do que entre os religiosos. É dos beneditinos, uma das glórias da França, que nos vêm as mais puras luzes com relação à história – desde que, todavia, o interesse dos religiosos não estivesse em jogo. Desse modo, desde meados do século XVIII, criaram-se grandes e eruditos controversistas que, tocados pela necessidade de consertar os erros populares propagados pelos historiadores, publicaram trabalhos notáveis. Assim, Launoy[110] – cognominado o "desencantador de santos" – moveu uma guerra cruel contra os santos que haviam entrado de contrabando na Igreja. Assim, os êmulos dos beneditinos, os membros muito pouco conhecidos da Academia das Inscrições e Belas-Letras, começaram – sobre alguns pontos históricos obscuros – suas memórias tão admiráveis pela paciência, pela erudição e pela lógica. Assim Voltaire, com um interesse lamentável, com uma paixão triste, lançou muitas vezes a luz do seu espírito sobre os preconceitos históricos. Diderot realizou, com esse intuito, um livro muito grande sobre uma época da história imperial de Roma[111]. Sem a Revolução Francesa, a *crítica*, aplicada à história, talvez fosse preparar os elementos para uma *boa e verdadeira* história da França, cujas provas tinham sido acumuladas há tanto

---

110 Jean de Launoy (1603-1678), historiador e teólogo francês.

111 Trata-se do *Essai sur la vie de Sénèque le philosophe, sur ses écrits et sur les règnes de Claude et de Néron* [Ensaio sobre a vida de Sêneca, o Filósofo, sobre seus escritos e sobre os reinados de Cláudio e de Nero], publicado em 1778.

tempo pelos nossos grandes beneditinos. Luís XVI, espírito justo, traduziu ele próprio a obra através da qual Walpole tentou explicar Ricardo III, e da qual o século passado tanto se ocupou[112].

417.

Quanto a violência, esse meio que toca em um dos pontos mais controversos da política e que, no nosso tempo, foi resolvido na praça onde se pôs um grande pedregulho do Egito[113] para fazer esquecer o regicídio e oferecer o emblema do sistema atual da política materialista que nos governa (1840); foi resolvido nos carmelitas e na abadia; foi resolvido nos degraus de Saint-Roch[114]; foi resolvido diante do Louvre em 1830 – uma vez mais pelo povo contra o rei[115] –, assim como depois foi resolvido pela melhor das repúblicas de La Fayette contra a insurreição republicana em Saint-Merry e na rua Transnon-

---

112 Trata-se da obra *Historic doubts on the life and reign of king Richard the Third* [Dúvidas históricas sobre a vida e o reinado do rei Ricardo III], de Horace Walpole (1717-1797), publicada em 1768. A tradução francesa foi intitulada *Règne de Richard III, ou Doutes historiques sur les crimes qui lui sont imputés*.

113 Balzac refere-se ao imenso Obelisco de Luxor, instalado em Paris, em 1836, na Place de la Concorde (mesmo local onde foram executados Luís XVI e Maria Antonieta).

114 Referência à violenta repressão a uma insurreição realista, em 1795.

115 Carlos X, substituído por Luís Filipe.

nain[116]. Todo poder, legítimo ou ilegítimo, deve se defender quando é atacado. Porém, que coisa estranha! Lá onde o povo é heroico na sua vitória sobre o poder, o poder é tido como assassino em seu duelo contra o povo. Por fim, se ele sucumbe depois de ter apelado para a força, o poder ainda é tido como imbecil.

418.

Admiram-se as máximas antissociais que são publicadas por audaciosos escritores. Por que, então, o desfavor está ligado, na França, às verdades sociais quando elas são ousadamente proclamadas? Essa questão explica por si só todos os erros históricos. Apliquem essa solução às doutrinas devastadoras que adulam as paixões populares e às doutrinas conservadoras que reprimem os selvagens ou loucos empreendimentos do povo, e vocês encontrarão a razão tanto da impopularidade quanto da popularidade de certos personagens.

419.

A oposição, na França, sempre foi protestante, porque ela nunca teve senão a *negação* como política. Ela herdou algumas teorias dos luteranos e dos calvinistas sobre as terríveis palavras "liberdade", "tolerância", "progresso" e "filosofia".

---

116 A triste celebridade desta rua se deve a um episódio ocorrido em 1834. Durante a revolta, um dos moradores atirou contra os soldados. Sem poder identificar o responsável, o comandante da tropa ordenou o massacre de todos os moradores da casa de onde partira o tiro.

Dois séculos foram empregados pelos opositores ao poder para estabelecer a duvidosa doutrina do *livre-arbítrio*. Dois outros séculos foram empregados para desenvolver o primeiro corolário do livre-arbítrio: a *liberdade de consciência*. O nosso século tenta estabelecer o segundo: a liberdade política.

420.

O produto do livre-arbítrio, da liberdade religiosa e da liberdade política (não confundamos com a liberdade civil) é a França de hoje. O que é a França de 1840? Um país exclusivamente preocupado com interesses materiais, sem patriotismo, sem consciência, onde o poder não tem força, onde a eleição – fruto do livre-arbítrio e da liberdade política – promove apenas as mediocridades, onde a força brutal se tornou necessária contra as violências populares, onde a discussão – estendida às menores coisas – sufoca toda a ação do corpo político, onde o dinheiro domina todas as questões e onde o individualismo – horrível produto da infinita divisão das heranças que suprime a família – devorará tudo, mesmo a nação, que o egoísmo qualquer dia entregará à invasão. As pessoas dirão "Por que não o tsar?", assim como disseram "Por que não o duque de Orleans[117]?". Nós não temos grande coisa; porém, em cinquenta anos de um semelhante *progresso*, não teremos mais nada.

421.

Infelizmente, a questão do calvinismo ainda custará bem mais caro à França do que custou até hoje, porque as seitas

---

117 O rei Luís Filipe.

religiosas e políticas, humanitárias, igualitárias etc. de hoje em dia são a cauda do calvinismo. Vendo as falhas do poder, seu desprezo pela inteligência, seu amor pelos interesses materiais, nos quais ele quer tomar os seus pontos de apoio, e que são os mais enganadores de todos os motores, a menos que chegue um socorro providencial, o gênio da destruição levará novamente vantagem sobre o gênio da conservação. Os assaltantes, que nada têm a perder e tudo a ganhar, entendem-se admiravelmente, enquanto seus ricos adversários não querem fazer nenhum sacrifício – nem em dinheiro nem em amor-próprio – para conseguir alguns defensores.

422.

A imprensa veio em ajuda à oposição iniciada pelos vaudenses e pelos albigenses[118]. Uma vez que o pensamento humano, no lugar de se condensar como ele era obrigado a fazer para ficar sob a forma mais comunicável, revestiu-se de uma multidão de vestimentas e tornou-se o próprio povo, em vez de permanecer de alguma maneira *axiomático*, existiam duas multidões a combater: a multidão das ideias e a multidão dos homens. O poder real sucumbiu nessa guerra, e nós assistimos hoje em dia (1840), na França, à sua derradeira combinação com alguns elementos que o tornam difícil, para não dizer impossível. O po-

---

118 Seitas cristãs da França medieval, consideradas heréticas e violentamente combatidas pela Igreja romana.

der é uma *ação*, e o princípio eletivo é a *discussão*. Não existe política possível com a discussão permanente.

423.

A indecisão, tão censurada nos grandes políticos, não provém senão da própria extensão do olhar com o qual eles abarcam todas as dificuldades, compensando uma pela outra e adicionando, por assim dizer, todas as chances antes de tomar um partido.

424.

Quando a religião e a realeza forem derrubadas, o povo se voltará para os grandes, depois dos grandes ele se prenderá aos ricos. Por fim, quando a Europa não for mais do que um rebanho de homens sem consistência, porque ela estará sem chefes, ela será devorada por grosseiros conquistadores. Vinte vezes o mundo já apresentou esse espetáculo, e a Europa o reinicia. As ideias devoram os séculos assim como os homens são devorados pelas suas paixões. Quando o homem estiver curado, a humanidade talvez se cure.

425.

Os escritores, os administradores, a Igreja do alto de seus púlpitos, a imprensa do alto de suas colunas, todos aqueles a quem o acaso dá o poder de influir sobre as massas, devem dizer e redizer: entesourar é um crime social. A economia ininteligente da província interrompe a vida do corpo industrial e compromete a saúde da nação.

426.

A moralidade (que não deve ser confundida com a religião) começa com a comodidade, assim como se vê, na esfera superior, o refinamento florir na alma quando a fortuna dourou a mobília. O homem absolutamente probo e moral é, na classe dos camponeses, uma exceção. Os curiosos perguntarão: "Por quê?" De todas as razões que podem ser dadas para esse estado de coisas, eis a principal: pela natureza de suas funções sociais, os camponeses vivem uma vida puramente material, que se aproxima do estado selvagem ao qual os convida sua união constante com a natureza. O trabalho, quando ele massacra o corpo, rouba do pensamento a sua ação purificadora, sobretudo entre as pessoas ignorantes. Enfim, para os camponeses, a miséria é a sua *razão de Estado*.

427.

A miséria tem algumas razões ocultas cujo julgamento cabe apenas a Deus, algumas razões físicas quase sempre fatais e algumas razões morais nascidas do caráter, produzidas por algumas disposições que revelamos e que às vezes são o resultado de qualidades – infelizmente, para a sociedade – que não dão em nada. Os milagres realizados nos campos de batalha nos ensinaram que os piores patifes poderiam transformar-se em heróis.

428.

Historicamente, os camponeses ainda estão no dia seguinte à Jacquerie[119], sua derrota ficou inscrita no seu cérebro. Eles

---

119 Nome dado a um levante de camponeses contra a nobreza, na França, em 1358.

não se recordam mais do fato, ele passou à condição de uma ideia instintiva. Essa ideia está no sangue camponês assim como a ideia da superioridade estava outrora no sangue nobre. A Revolução de 1789 foi a revanche dos vencidos. Os camponeses puseram o pé na posse do solo, que a lei feudal lhes interditava há mil e duzentos anos. Daí o seu amor pela terra, que eles dividem entre si até cortar um sulco de arado em duas partes – o que muitas vezes anula o recolhimento do imposto, porque o valor da propriedade não seria suficiente para cobrir os custos dos procedimentos de cobrança.

429.
Para quem sabe ler frutuosamente Maquiavel, está demonstrado que a prudência humana consiste em nunca ameaçar, em fazer sem dizer, em favorecer a retirada de seu inimigo não caminhando – como diz o provérbio – sobre a cauda da serpente e em se precaver, como em um assassinato, de ferir o amor-próprio do mais ínfimo que seja. O fato, por mais prejudicial que seja aos interesses, é perdoado com o passar do tempo, ele se explica de mil maneiras. Mas o amor-próprio, que sangra sempre com o golpe que recebeu, nunca perdoa a ideia. A personalidade moral é mais sensível, de alguma forma mais viva, do que a personalidade física. O coração e o sangue são menos impressivos que os nervos. Enfim, nosso ser interior nos domina, por mais que façamos.

430.
Desde 1792, todos os proprietários da França se tornaram solidários. Infelizmente, se as famílias feudais – me-

nos numerosas que as famílias burguesas – não compreenderam sua solidariedade nem em 1400, no reinado de Luís XI, nem em 1600, no governo de Richelieu, é possível acreditar que, apesar das pretensões do século XIX ao progresso, a burguesia será mais unida do que foi a nobreza? Uma oligarquia de cem mil ricos tem todos os inconvenientes da democracia, sem ter as suas vantagens. O *cada um em sua casa, cada um por si*, o egoísmo de família matará o egoísmo oligárquico, tão necessário à sociedade moderna (e que a Inglaterra pratica admiravelmente há três séculos). Por mais que se faça, os proprietários só compreenderão a necessidade da disciplina que tornou a Igreja um admirável modelo de governo no momento que se sentirem ameaçados em suas casas, e aí será tarde demais. A audácia, com a qual o comunismo – esta lógica viva e atuante da democracia – ataca a sociedade na ordem moral, anuncia que, a partir de hoje, o Sansão popular, tornando-se prudente, solapa as colunas da sociedade no porão, em vez de sacudi-las no salão do banquete.

431.

O maior elemento das más ações secretas, das covardias incógnitas, talvez seja uma felicidade incompleta. O homem talvez aceite melhor uma miséria sem esperança do que essas alternativas de sol e de amor através das chuvas contínuas. Se, com isso, o corpo nem sempre contrai enfermidades precoces, a alma contrai a lepra da inveja. Nos pequenos espíritos, essa lepra se transforma em cupidez covarde e ao mesmo tempo brutal, ao mesmo tempo audaciosa e oculta; nos espíritos cultivados, ela engendra doutrinas antissociais das quais se servem como de um escabelo[120] para dominar os seus superiores. Não seria possível transformar isso em um provérbio? "Diga-me o que tu tens, e eu te direi o que tu pensas".

432.
Perseguir um homem, na política, não é somente engrandecê-lo, é também inocentar o seu passado. O partido liberal, nesse sentido, foi um grande fazedor de milagres. Seu funesto jornal – que teve então o espírito de ser tão chato, tão caluniador, tão crédulo e tão simploriamente pérfido quanto todos os públicos que compõem as massas populares – talvez tenha causado tantos estragos nos interesses privados quanto na Igreja.

433.
O sistema monárquico, antes de 1830, e o sistema imperial remediavam muitos abusos por meio de existências consagradas, de classificações, de contrapesos que as pessoas tão tolamente definiram como *privilégios*. Não existem privilégios no momento que todo mundo é aceito para trepar no pau-de-sebo do poder. Não seria melhor, aliás, alguns privilégios reconhecidos, admitidos, do que privilégios de surpresa, estabelecidos pelo ardil, fraudando o espírito que se quer fazer público, que reconstroem a obra do despotismo desde os alicerces e um furo mais baixo do que antes? Será que não derrubamos nobres tiranos, devotados ao seu país,

---

120 Pequeno banco de madeira sem braços e sem encosto que servia para sentar, depositar pequenos objetos ou como escada.

apenas para criar tiranetes egoístas? Será que o poder não estará nos porões, em vez de reinar no seu lugar natural?

434.

O talento literário deve manifestar-se na pintura das causas que engendram os fatos, nos mistérios do coração humano cujos movimentos são deixados de lado pelos historiadores. Os personagens de um romance devem manifestar mais razão do que os personagens históricos. Os primeiros pedem para viver, os outros viveram. A existência desses últimos não tem necessidade de provas, por mais bizarros que tenham sido os seus atos, enquanto a existência dos outros deve estar apoiada em um consentimento unânime.

435.

A verdade literária consiste em selecionar os fatos e os caracteres, em elevá-los até um ponto de vista de onde cada um acredite que eles são verdadeiros ao percebê-los, porque cada um tem o seu *verdadeiro* particular, e cada um deve reconhecer a tonalidade do seu na cor geral do tipo apresentado pelo romancista.

436.

O sentimento é igual ao talento. *Sentir* é o rival de *compreender*, assim como *agir* é o antagonista de *pensar*. O amigo de um homem de gênio pode elevar-se até ele através da afeição, da compreensão. No âmbito do coração, um homem medíocre pode levar vantagem sobre o maior artista.

437.

O caráter do governo, desde 1830, foi fazer as leis à medida que as circunstâncias as exigiam, em vez de ter leis que permitissem dominar as circunstâncias. Esse caráter é o de todas as épocas revolucionárias, que são doenças políticas. Esse triste sistema é o das pessoas medíocres, que não olham para o futuro. É o empirismo, e não a grande medicina política.

438.

Guizot, Thiers, Cousin, Rémusat[121] etc. são homens que, considerados individualmente, oferecem qualidades eminentes e que não são encontradas comumente. Porém, existe nas regiões superiores uma grande quantidade de pessoas que são no mínimo iguais a eles, e suas qualidades não são aquelas que constituem os estadistas. Richelieu, Mazarino, Colbert e Louvois[122] não tinham nenhuma das qualidades notáveis desses cavalheiros. De Lyonne[123] era absolutamente privado delas. Certamente, teria sido provavelmente impossível para eles falarem por muito tempo diante de uma assembleia e nela discutirem; eles não

---

121 Balzac enumera intelectuais que exerceram cargos políticos de importância no governo de Luís Filipe de Orleans. François Guizot e Adolphe Thiers eram historiadores; Charles Rémusat e Victor Cousin eram filósofos.

122 François-Michel Le Tellier, marquês de Louvois (1639-1691), ministro da guerra no reinado de Luís XIV.

123 Hughes de Lyonne, ministro dos assuntos estrangeiros no reinado de Luís XIV.

poderiam ter feito um curso de filosofia, e eram medíocres trocistas. Porém, jamais se encontraram vontades mais compactas, trabalhadores mais assíduos, ideias encarnadas mais tenazes, negociadores mais hábeis, mais persistentes e mais dignos. Porém, esses homens também não foram frutos das sedições populares e das coalizões de alguns burgueses estúpidos. Foi depois de dez anos de experiências que Richelieu se fixou em Mazarino e indicou-o como o único homem a quem se poderia confiar o fardo dos negócios públicos. Essa escolha, esta predileção, já fariam de Richelieu um grande homem. Ao morrer, Mazarino legava a Luís XIV dois funcionários, recomendando-os a ele assim como ele próprio tinha sido recomendado. Esses dois funcionários eram o grande Colbert e o grande De Lyonne. De Lyonne, para quem estudou a política, é, pelo menos, tão grande quanto Colbert: eis toda a espantosa diplomacia desta imensa época.

439.

Os escultores antigos e modernos muitas vezes colocavam, de cada lado da tumba, gênios que seguravam tochas acesas. Esses clarões iluminavam para os moribundos o quadro das suas culpas, dos seus erros, iluminando para eles os caminhos da morte. A escultura representa aí grandes ideias, ela formula um fato humano. A agonia tem a sua sabedoria. Muitas vezes, vemos simples mocinhas, na idade mais tenra, terem uma razão centenária, tornarem-se profetas, julgarem sua família, não serem mais enganadas por nenhuma comédia. Eis aí a poesia da morte.

Porém – que coisa estranha e digna de observação! – morre-se de duas maneiras diferentes. Essa poesia da profecia, esse dom de bem ver, seja para frente ou para trás, não pertence senão aos moribundos dos quais somente a carne foi atingida, que perecem pela destruição dos órgãos da vida carnal. Desse modo, os seres atacados (como Luís XIV) pela gangrena, os tísicos, os doentes que perecem pela febre, pelo estômago ou, como os soldados, por feridas que os apanham em plena vida, esses desfrutam desta lucidez sublime, e são mortos surpreendentes, admiráveis, enquanto as pessoas que morrem de moléstias, por assim dizer, "inteligenciais", cujo mal está no cérebro, no sistema nervoso que serve de intermediário ao corpo para fornecer o combustível do pensamento, esses morrem por inteiro. Neles, o espírito e o corpo sucumbem ao mesmo tempo. Uns, almas sem corpo, tornam reais os espectros bíblicos; os outros são cadáveres.